絹子川奇譚
悪霊商店街に囚われた母娘

葛来奈都

SKYHIGH文庫

絹子川奇譚《きぬこかわきたん》

悪霊商店街に囚われた母娘《おやこ》

目次

登場人物紹介
イラスト 藤村ゆかこ
柄沢《からさわ》瞑《めい》
木綿陸《ゆうがおか》高校に転入してきた2年生。呑気でマイペース。物心ついたころから霊媒体質で、鳴弦(弓の弦を鳴らすことで邪気を払う)を使って悪霊を退治することができる。
千倉《ちくら》燿《よう》
木綿陸高校2年生。瞑のクラスメイト。剣道部所属。流花とは1年生の時から同じクラス。爽やかで人当たりがいい。律《りつ》という3つ下の妹がいる。
藤崎《ふじさき》流花《りゅか》
木綿陸高校2年生。普段はずっと読書しているほど大人しそうな見た目だが、実は身体能力が高い。

柄《から》沢《さわ》悟《さとり》
暝の兄で、絹子川学院大学文学部人文学科の大学1年生。霊媒体質。除霊はできないが、守備力が高い。
高《たか》爪《づめ》統《とう》吾《ご》
悟の友人で、悟と同じ大学の1年生。霊媒体質でビビり。バンドでボーカル兼ギターをしている。
花《はな》加《か》剣《けん》也《や》
木絹陸高校2年生。流花と燿とは1年生の時同じクラスだった。剣道の腕は先輩含めても部員で一番高いが、寡黙で周りに無関心。
柄《から》沢《さわ》一世《かずよ》
暝と悟の父親で寺の住職。45歳。絹子川の寺の住職となったため、家族と越してきた。霊力は家族の中でもトップ。

絹子川《きぬこかわ》奇譚《きたん》

悪霊商店街に
囚われた母娘《おやこ》

序

遅い。

始業のチャイムが鳴ってからもう十分以上経《た》つのに、この北海道絹子川市《ほっかいどうきぬこかわし》にある木綿陸《ゆうがおか》高等学校・二年一組に担任の黒岩《くろいわ》が来る気配が一向にない。

担任が来ないのをいいことに、藤崎流花《ふじさきりゅか》のクラスはとある噂を話題に騒ぎたてていた。

二年に上がって早々に転校生が来る、ということである。

「可愛い女の子だ！」

「絶対イケメンの男の子！」

「いやいや、髪の毛染めてるっていう話だから、絶対不良だぜ」

そんな信憑性《しんぴょうせい》のない話に転校生の勝手なイメージだけが膨らむ。

クラスメイトの話を聞きながら流花は一人苦笑した。そもそも今日から登校する転校生なのに一体どこからそんな情報を手に入れることができたのだ。しかも、その情報からだと性別すらもわからない。

そんな中、教室の扉がガラッと開《ひら》いた。

あれだけ盛り上がっていた転校生の話も、途端に中断される。

「うるさいぞ、お前ら。廊下まで声が聞こえている」

黒岩は白髪が混ざった短い髪を掻《か》きながら出席簿でトントンと自分の肩を叩《たた》き、呆《あき》れたようにため息をついた。

「ほら、入っていいぞ」

黒岩は後ろを振り向き、手招きをした。まだ黒岩の背後に隠れていたので姿は見えなかったが、彼の後ろに転校生がいることは生徒たちもわかっていた。

先に行く黒岩にくっつくように転校生の少年が教室に入る。

その途端、教室内でいくつかのため息が聞こえた。

誰だよ、可愛い女の子って言った奴。

転校生を女子だと思っていた哀れな少年たちの嘆息だ。

そんなリアクションに構うことなく、黒岩は黒板に転校生の名前を書き始めた。

教卓の真ん前の席だった流花は正面にいる転校生の顔をじっと見つめた。

まず目に飛び込んできたのは、日本人にしては珍《めずら》しいほどの赤毛と色白の肌だ。茶色の瞳は彼の色素の薄さを強調している。流花も色素が薄く、肩まで伸びたセミロングの髪は茶色がかっているが、転校生の彼はそれ以上に明るい。

観察しているうちに流花と転校生の視線が交わった。

転校生は目を細め、子供のような屈託のない笑みを浮かべる。これだけ周りに注目されているにもかかわらず、彼はまったく緊張していない。むしろ彼はこの新たな環境にわくわくしているようで、目を輝かせながら教室内を見回していた。

転校生を見ているうちに黒岩が黒板に彼の名前を書き終えた。

黒板にはいつもより丁寧《ていねい》な字で「柄沢瞑《からさわめい》」と書かれている。

黒岩は瞑の肩をポンッと叩いて生徒たちに告げる。

「今日からこのクラスの仲間になった柄沢瞑だ。みんな、よろしく頼む。それじゃ、柄沢、早速自己紹介を頼む」

黒岩に言われた瞑は満面の笑みを浮かべながら口を開いた。

「柄沢瞑でーす」

「……終わりか？」

「んじゃ、よろしくお願いしまーす」

この簡潔な自己紹介に黒岩だけでなく、クラスの生徒も呆気に取られた。しかし、瞑はこの空気感がわかっていないようで、不思議そうに首を傾《かし》げる。

黒岩もこれ以上求めてもしょうがないと、コホンと咳払いすると瞑に席を指した。

「柄沢の席は窓側の一番奥だ」

「はーい」

気の抜けるような返事をした後、瞑はスタスタと教室の奥へと進む。

席に座って早々、瞑は「よろしくね」と隣の生徒に挨拶をした。

彼の隣の席は短髪の男子生徒だった。腕まくりした腕は細身だが、部活動で鍛えた筋肉がしっかりとついている。華奢《きゃしゃ》な瞑と比べるとしっかりした体格で、目は大きく、スポーツマンらしい爽やかな印象を与える。

「君、名前は？」

「千倉耀《ちくらよう》。よろしく」

耀は目を細めながら、瞑に一礼した。

「耀か。俺、柄沢瞑！」

「知ってるよ、今言ってただろ」

「あ、そっか」

頭を掻く瞑に向け、耀は声を出して陽気に笑う。

「柄沢、千倉。自己紹介はいいが、ホームルームの後でな」

私語をする彼らに黒岩は苦言を呈する。

「すいませーん」

瞑も耀も声を揃えて謝る。だが、注意を受けたのに正面を見た瞑の顔は希望に満ち溢《あふ》れたようにとても輝いていた。新しい街、新しい学校。これからどんなことが起こるのかと、瞑は新生活への期待に胸躍らせているのだろう。

けれども彼らの日常は、ほんの些細なことで崩壊する。

そのことに流花も燿も、瞑自身でさえも気づいていない。

この出会いは偶然か、はたまた必然か。

転校生は、嵐を呼ぶ。

一　退魔師系高校生

放課後、流花は誰もいない教室で本を読んでいた。

流花はこの時間帯の教室が好きだった。今ならほとんどの生徒が部活動に行くし、帰宅部はさっさと帰宅する。いつもは騒がしい教室も人がいなければただの部屋。こうして静かな空間を得ることができる。

『それなら、家に帰ればいいじゃん』

こんな流花の姿を見てそう思う人間もいるだろう。しかし、家にいたら孤独だ。騒がしいのは苦手だが、孤独はもっと苦手だった。だが、学校にいると校庭から部活動に励む生徒の声が聞こえるし、耳を澄ますと吹奏楽部が奏でる旋律が聴こえる。この空間は彼女にとって理想的な賑やかさと静寂が入り混じっているのだ。

だから、彼女は自分の所属している茶華道《さかどう》部の活動がなくても、こうして放課後一人で時間を潰すようになっていた。

それにしても朝のざわめきが嘘のようだ。

原因は転校生の瞑にあった。午前中のうちは転校生らしく生徒たちから質問攻めにあっていたが、午後にはもうクラスに溶け込んでいた。彼自身、まったく人見知りをしないから馴染むのが早かったといえる。

そんな瞑とは違い流花は、自分から話しかけるのも躊躇《ちゅうちょ》するほどの恥ずかしがり屋だ。学校に馴染むのも一年かかったのに、瞑はたった一日でクラスに馴染んでいる。だから、流花は瞑のことが少しだけ羨ましかった。

そんなことを考えていると、教室の扉が開かれた。

現れたのは燿だった。部活を終えた彼は荷物を取りに教室に戻ってきたのだ。

「お前、まだいたのか。さっさと帰れよ」

「う、うん」

流花はパタンと読みかけの本を閉じ、鞄《かばん》の中に入れる。

燿はそんな彼女に見向きもせず、無表情のまま自分の席に座った。

「あの……柄沢君、どうだった？」

恐る恐る流花は燿に尋ねると、燿は深くため息をついた。

「うるさいガキだな」

「初対面でそんな言い方は酷くない？」

「馴れ馴れしいのはガキな証拠だろ。俺のこと、すぐ下の名前で呼ぶし」

燿は顔をしかめて小さく舌打ちをする。

「でも、第一印象が悪い人が必ずしもそのままとは限らないって言うから、これから柄沢君の印象が良くなるんじゃないかな」

「それ、どこで聞いたんだよ」

「本で見たの」

「どんな本だよ。嘘臭い」

流花の言葉にツッコミを入れながら、燿は疑《うたぐ》るように眉をひそめた。

普段は周りににこやかに振る舞う彼も、こうして放課後になるとスイッチが切れたようにズバズバと物を言う口の悪い本性を出す。

そもそも、二人がこうして会話をしている光景を他のクラスメイトが見たら驚くだろう。

流花と燿は昨年も同じクラスだったが、余程のことがない限り会話をしなかった。今も放課後にしか話をしないし、一緒に帰るとしてもバス停までの短い道のりを、距離を置いて歩くだけ。その時もこれといって大した会話はなく、甘酸っぱい青春な雰囲気はない。

それでも、こんな放課後だけの友人関係が一年近くも続いている。

「ほら、さっさと帰るぞ」

燿はそう言って自分の鞄を持ち、席から立ち上がる。

「あーあ、疲れた」

燿は鞄を肩にかけた後、ぐっと背中を伸ばした。

そこでふと窓の外を見た燿は突然「あ？」と二度見する。

「どうしたの？」

「いや、柄沢がいる」

窓の外を覗《のぞ》き込む燿に釣られ、流花も席を立って窓際に近づく。そこからは赤毛の男子高校生が一人で下校しているのが見えた。あの髪色はどう見ても彼である。

「本当、柄沢君だ。まだ帰ってなかったんだね」

転校初日で部活にも入っていない暝がこんな時間まで何をしていたのだろうか。

そんな疑問を抱《いだ》いていると、二人の視線に気づいたように暝が立ち止まって振り向いた。

しかし、なぜかこちらのほうを見上げたまま動かない。

「何してるんだ、あいつ」

「こっちに気づいたとか？」

「まさか。顔まで見えるかよ」

「なんかあったのかな？」

「知らねえ。興味ねえ」

心配がる流花をよそに燿はそんな冷たい言葉を吐き捨てて窓から離れた。

「置いてくぞ」

「え、あ……ちょっと待って」

さっさと帰ろうとする燿に、流花は慌てて振り返る。

しかし燿は彼女の言葉に聞く耳も持たず、教室を出て行った。

「待ってってばー」

情けない声をあげながら、流花も自分の席に戻って鞄を手にする。

帰ろうとする間際、流花はもう一度窓を眺めた。

柄沢君……一体、何を見ていたのかな。

そんな疑念を抱きつつも、流花は急いで教室を出た。

◆◆◆

燿と流花に見られているとは知らず、瞑は疲れきった様子でとぼとぼと歩いていた。

「言われるとは思っていたけどさー……もう少し理解してくれたってよくないかなー」

誰もいないのをいいことに、瞑は独り言《ご》ちる。

瞑がどうしてこんな時間まで学校に残っていたか。それは、彼の髪色が校則に引っかかりそうになったからである。

この木綿陸高等学校の校則はこの辺りの進学校の中でも厳しい。鞄は指定。化粧も禁止で、髪を染めるのは勿論《もちろん》、制服を着崩すのも禁止だ。

案の定、瞑の髪色が風紀委員に「染めているのではないか」と目をつけられた。

しかし、いくら瞑が「地毛だ」と言っても信じてもらえず、結局は生徒指導室に連行された。最終的に風紀委員会の顧問《こもん》と瞑のクラス担任である黒岩に地毛だと説明してもらい、地毛届けを見せ、ようやく解放された。しかもこんなに遅くなったのは教師が来るまでの待ち時間がほとんどで、随分《ずいぶん》と無駄な時間を費やしてしまった。

無論、彼は髪を染めていない。母親から色素の薄さを受け継ぎすぎた結果、こんな髪色になってしまったのである。

「うざって〜！」

先ほどのまでの面倒なやり取りを思い出すとつい苛立《いらだ》ってしまい、瞑は空を仰《あお》ぎながら髪をぐしゃぐしゃに掻いた。

ちょうどその時、彼の頭上を何かが飛んだ。

謎の飛行物体を目で追うと、飛んでいたのは人だった。それも中学生くらいの少年だ。刈り上げた短い髪で、真っ白な服を着ている。

こんな摩訶不思議《まかふしぎ》な光景を見ても、瞑は何一つ動揺しなかった。

ああ、ここにもいるのか。

平然とした顔で瞑は一つ息を吐く。

あの少年が何者なのかを瞑は知っている。〝浮遊霊〟、つまり幽霊だ。

幽霊の少年は二階の窓の中をこっそりと覗き込むように見つめていた。

教室内にいる誰かが窓から外を眺めていることは瞑からも確認ができた。ただ、二つの人影が動いただけで、顔までは見えない。

幽霊の少年は隠れながらもその人影をじっと見つめている。まるでその人物を観察しているようだ。当然、人影には少年の姿など視《み》えていないし、少年に見られていることも気づいていない。

人影が室内の奥へと消えていくと、幽霊の少年も用事が済んだかのように透明になって消えていった。

あの子、何をしようとしていたんだろう。

幽霊の少年の行動に疑念を抱きながらも、瞑はひとまず帰路についた。


瞑はこの学校までバスで通っていた。バスに揺られる時間はおよそ十五分。降りたバス停の近くには大榛寺《だいしんじ》という寺がある。

寺の境内《けいだい》には一面砂利《じゃり》が敷き詰められており、中央に古い本堂と納骨堂が建っている。そんな広い敷地の隅に二階建ての住まいがあった。これが瞑、もとい柄沢家の新居だ。

瞑は疲れた様子で玄関の扉を開ける。

「ただい——」

「遅《おせ》え」

玄関の扉を開けた途端、低い声が瞑の言葉を遮《さえぎ》った。そこには短い黒髪の青年が瞑を待ち伏せしていた。

青年は背が高く、細身の割にはしっかりと筋肉がついていた。切れ長の凛とした目で、すれ違うと思わず振り返ってしまうほど端正な顔立ちをしている。しかし、そんな美形が台無しになるくらい眉間に深いしわを寄せ、鋭い目つきで瞑を睨《にら》みつけていた。

彼の名は柄沢悟《からさわさとり》。市内にある絹子川学院《きぬこかわがくいん》大学に通う大学生で、瞑の二学年上の兄だ。

「お前、引っ越しの片づけも全然終わってないのにどこほっつき歩いていたんだよ」

「が、学校だよ」

「嘘つくんじゃねえよ。学校がこんなに遅い訳ないだろ」

「俺だって早く帰りたかったよ。でも、髪色のせいで風紀委員に捕まったんだもん、しょうがないじゃん！」

瞑は必死に事情を説明するが、悟は呆れるように深くため息をついた。

「また捕まったのか。そういう時は無視するなり殴るなり蹴るなりしろよ」

「できるか！　停学になるわ！」

「いいじゃねえか、停学になって自宅謹慎したほうが部屋の片づけも終わるだろ？」

悟は好き勝手に言って、楽しそうにニヤリと笑う。

そんな彼に「このドS！」と言ってやりたいが、口に出したら後が怖いことを暝はわかっていた。兄に頭が上がらない情けない弟なのである。

とはいえ、彼がここまで文句を言うのも理由がわかっていた。引っ越してきた家が未《いま》だに段ボールの山で足の踏み場もないせいだ。今日も大学の講義を終えた悟が一人で片づけをしていたが、まったくもって終わりが見えていない。猫の手、ではなく弟の手も借りたい心情なのである。

「ほら、邪魔だからさっさと自分の部屋に持ってけよ」

悟は「メイ」と書かれた大きな段ボールを暝に渡す。

「はいはい、わかったよ」

暝は口を尖らせながらも二階にある自室へと段ボールを運ぶ。しかし、段ボールが大きすぎるせいで足元が見えない。転ばないように慎重に階段を上がるが、足取りは覚束《おぼつか》なくふらついていつ転げ落ちてもおかしくない。

そんな危なっかしい暝を見て、悟は一言告げる。

「納骨堂もたくさん空きがあるから安心して死んでいいぞ」

「鬼かよ！」

思わずツッコミを入れる暝だが、そんなリアクションを取る彼を見て悟はクックッと肩を揺らして笑った。

悟に弄《いじ》られて不貞腐《ふてくさ》れながらも、無事に階段を上がりきった瞑はそのまま自室へと入った。

瞑の自室はベッドと勉強机しか置いていないシンプルな部屋だった。ただし、ここにも未開封の段ボールが山積みになっている。

確か、この段ボールに入っていた気がする。

瞑は持ってきた段ボールを床に置き、その場でガムテープを剥がして中身を確認した。

「……あった」

瞑が取り出したのはブレスレット型の腕珠《わんじゅ》だった。これは以前父親である一世《かずよ》からもらった物である。

代々寺の住職の家系だったためか、一世と悟、そして瞑は物心がついた時から幽霊が視えていた。特に一世は家族の誰よりも霊力が強い。だから、幽霊が視える子供たちの一番の理解者であった。

――いいですか？　幽霊は相手が自分よりも弱いとわかった途端、しつこいくらい付き纏《まと》ってきます。だから、幽霊に絡まれても力がないうちは相手をしてはいけません。下手に関わると、彼らの世界に引き込まれる可能性もありますからね。

一世は二人が幼少の時からそうやって言い聞かせていた。

その言いつけを守ってか、悟はどんなに幽霊が視えていようが、一切関わろうとしなかった。霊媒体質のことも例外を除き周りに告げていない。「幽霊が視える」と言ったところで誰も信じてくれないと思っているせいもある。

霊媒体質だということを隠し続け、幽霊にすらそれを悟らせない。これが彼なりの身の守り方だったのだ。

そんな悟の姿をずっと見ていたから、暝も自分が霊媒体質だということを家族以外の人間に伏せ続けていた。

だが、暝が中学に上がる頃、一世は彼にこの腕珠を与えた。

――これは暝だけのお守りです。いつか君が自分の身を……そして、大事な人を守れるように。

今でも一世の優しい微笑《ほほえ》みが、暝の脳裏に焼きついている。

暝は手にした腕珠をぎゅっと握ったまま、何か思いつめたようにそれを見つめた。

そして、少し考え込んだ後、制服のポケットに腕珠を忍ばせた。

いだろう。

◆　◆　◆

放課後、部活が行《おこな》われている時間を見計らって瞑は校内を探索した。

傍《はた》から見ると転校生が校内を探索しているだけ。誰も幽霊を探しているだなんて思わないだろう。

三階建ての校舎を一階から虱潰《しらみつぶ》しに探す。

一階には三年生教室の他、校長室、応接室、進路指導室があった。玄関ホールを横切った奥にある渡り廊下の先には体育館と格技場がある。ここには幽霊の少年の姿はない。

二階には職員室と二年生教室以外に理科室や視聴覚室など移動教室に使われる教室が多く設《もう》けられている。また、美術室を覗くと美術部が絵を描いていた。しかし、ここにも少年の姿はない。

三階は一年生教室と音楽室、家庭科室がある。廊下にはまだ残っている生徒たちがいて、二年生である瞑の姿を見て驚いたようにたじろいだ。

この高校は制服に付ける校章のバッジと指定された上履きの色で学年を分けているから、一目見て瞑が先輩だということがわかるのだ。

一年生の緊張した視線を感じながらも瞑は廊下を歩く。だが、ここにも少年はいない。

ざっと校内を一周したが、少年はどこにもいなかった。

この無駄足に瞑は深くため息をつく。

校舎内にいないとすれば残るは校舎外だ。もしかすると、校庭にいるかもしれない。

仕方がない、と瞑は再び校舎内を巡る。

玄関口にたどり着いた時、瞑は白い影が渡り廊下を抜けていくのを見た。

怪しい影の後をそのままつける。影は体育館に行くと思ったが、角を曲がって格技場に向かっていた。

瞑が格技場の前にたどり着くと、閉ざされた入り口の前で幽霊の少年が佇《たたず》んでいた。

「何しているの?」

瞑のかけ声に少年はゆっくりと振り向く。

「もしかして、悪戯《いたずら》でもするつもり? 場合によっては、君を止めるよ?」

そう言いながら瞑はポケットの中に入れている腕珠に手を伸ばした。

警戒する瞑を見て、少年はニヤリと不気味に笑う。

「お兄さん、僕と遊んでくれるの?」

あどけない声と同時に彼の体から黒い靄《もや》が発生し始めた。

黒い靄は陽炎《かげろう》のようにゆらゆらと揺れる。その靄からは冷たい霊気を感じ、室内にいるのに寒気を感じた。この幽霊、ただの浮遊霊ではない。

突然の変貌に暝は身の危険を察し、彼と距離を取った。

自分を用心する暝を見て少年は目をひん剥《む》いてケラケラと笑い出す。

「これはまずい」と暝は腕に腕珠をはめて臨戦態勢を取った。

だが、その動作の一瞬で、少年の姿がパッと消えた。

「じゃあさ、僕と追いかけっこしようよ」

声と同時に、人影がぬっと暝の前に現れる。

聞こえたのは少年の声だ。だが、現れた人物は先ほどまでの短髪の少年ではない。暝自身だった。

「……捕まえてみなよ」

少年は暝の顔のままあざ笑う。その声も今までのあどけない子供の声でなく、暝の声へと切り替わっていた。

驚愕しているのも束の間、少年は笑みを含んだまま透明になっていく。

「あ！　おい！」

暝が駆け寄った時はもう遅く、少年は暝の姿のまま消えていった。

咄嗟《とっさ》に辺りを見回すが、少年の霊気すら感じない。

「くっそ！」

歯を食いしばりながら暝は頭をぐしゃぐしゃに掻く。

迂闊だった。黒い靄がまだ小さかったので、まだ完全に悪霊になってはいない。しかし、いつ悪霊になって周りに危害を加えるかもわからない。それに、人に化けることができるあの能力はどう考えても危険だ。野放しにする訳にはいかない。

かといってむやみやたらに校内を走り回ったところで少年を見つけることができるかというと答えはノーだ。あんな一瞬で姿を消せるような霊相手に、こんな三階建ての校内をたった一人で探すだなんて無理な話だ。

そもそもそんな闇雲に探せるような時間があるとは思えない。圧倒的に瞑が不利だ。

どうする？　どうすればいい？

気持ちが焦るばかりで少年を見つけ出す案は何一つ浮かんでこなかった。

こうして迷っている間にも奴の魔の手が誰かに伸びているかもしれない。けれど、そもそも幽霊が視える人物など稀《まれ》なので、頼れる相手もいなかった。

頼れる、相手。

そう過《よぎ》ったと同時に瞑はポケットからスマホを取り出し、着信履歴から電話をかけた。

本来ならこの類《たぐ》いの専門家である一世にかけたいところだが、仕事中の彼が電話に出る可能性は低い。それならば、もう頼れるのは同じ状況下で育った彼しかいない。

しばらくコールを鳴らすと、ようやく彼が電話に出た。

「……なんだよ」

電話越しから彼——悟の気怠《けだる》そうな低い声が聞こえる。

「お前、部屋の片づけ手伝えって言って——」

「今はそれどころじゃないんだって！」

突然声を荒らげる瞑に流石《さすが》の悟も驚いてたじろいだ。

「何一人で騒いでるんだよ……」

いつも呑気な瞑がここまで焦っている声を聞いて、悟も只事でないことを察する。

「面倒事は嫌いなんだが……話ぐらいは聞いてやる」

電話越しで悟が息を吐く。だが、声色が変わったので、彼の真剣さが瞑にも伝わった。

「ありがとう、兄ちゃん」

悟に礼を言うと、瞑はこれまでの出来事を簡潔に説明する。

「——つまり、そのガキと追いかけっこするハメになったということだな」

要約する悟に瞑は頷《うなず》く。

「こんな広い校舎を一人で探すなんてキツすぎるよ……兄ちゃん、今すぐこっちに来れない？」

「行けるか阿呆《あほう》。それに、俺を待つくらいならさっさとガキを探しやがれ」

「だよねー……」

悟のぐうの音《ね》も出ないほどの正論に瞑はがっくりと項垂《うなだ》れる。

藁にも縋《すが》る思いで悟に電話をかけたのに、結局解決策は見つからない。

「やっぱり勘で探すしかないのかなー」

困って瞑は頭を掻くと、突然悟が「あ？」と何かに反応したように声をあげた。

「ちょっと待ってろ、統吾《とうご》が換わりたがってる」

「統吾君が？」

しかし、瞑の言葉にも反応がなく、電話越しでガヤガヤと雑音が聞こえる。

「やあ、瞑ちゃん。久しぶりー。統吾だよ」

次に電話に出たのは悟よりずっと穏やかな青年の声だった。

「瞑ちゃんの転校先って木綿陸だよね？」

「う、うん」

統吾に突然問われ、瞑は不思議に思いながらも肯定する。

「その霊って、中学生か小学校高学年くらいの髪の短い男の子じゃない？」

「え？　なんでわかったの？」

先ほどの会話から幽霊の姿を推測できるのは悟の「ガキ」という発言だけだ。これだと年齢はおろか性別すらもわからない。それなのに、統吾はしっかりと例の少年の容姿までピタリと当てた。

ただただ驚いている瞑に、統吾は「やっぱり」と納得する。

「実は俺も何回かその子を学校で見かけたことがあるんだよね。ほら、俺も瞑ちゃんと同じ木綿高《ゆうこう》だったからさ。といっても、その後にすぐ卒業しちゃったから声をかけたことはないんだけど……まさかそんな霊だったなんて」

「そ、それで、統吾君はその子の居場所知ってる？」

すかさず瞑は尋ねるが、統吾は困ったように「う～ん」と唸る。

「教室だったり、音楽室にいたりと結構神出鬼没だったからね。瞑ちゃんは今どこにいるの？」

「格技場なんだけど……一瞬にしてどこか行っちゃった」

「そっかー……それならまた一から探すしかないんだね」

「弱ったもんだ」と統吾は息をついた。

統吾と話しても瞑が不利な事態は変わっていない。やはり直感を頼りに闇雲に探すしかないのかと、瞑は諦《あきら》めかけた。

だが、途端に統吾が何か思いついたように「あ」と声を漏らした。

「そういえば、瞑ちゃんってどうしてその子と追いかけっこすることになったんだっけ？」

「どうしてって……胸騒ぎがしたというか。なんとなく放っておけなくて、その子を探して声をかけたら、こんなことになっちゃって……」

だが、その答えを聞くと統吾の声根が変わった。

「瞑ちゃん……探してまで男の子に声をかけたってことは、その子を視たのって今日が初めてではないでしょ？」

その言葉を聞いて瞑は「え？」と目を見開く。

瞑がここまでして少年のことを気にかけたのには理由がある。

統吾はそれをわかっていた。

「その子が何かしようとしているところを見ていたんじゃない？」

「何か……しようとしてた？」

統吾の言葉を繰り返しながら、瞑は昨日のことを思い出していた。

昨日、少年は何かを企むように浮遊していた。

その時、彼は何を眺めていたか。

その時、彼以外に何が見えていたか。

「……ありがとう、統吾君」

頭の中で絡まっていた糸がするりと解《ほど》けた時、瞑は統吾に礼を言っていた。

「うん、頑張って」

統吾のその声を最後に、瞑はそっと電話を切る。

やってやるよ、この野郎。

瞑は口を閉じたまま、渡り廊下の天井をキッと睨みつけた。

その眼差《まなざ》しにはもう迷いはなく、凛とした果敢なものであった。

◆　◆　◆

完璧だ。

窓に映る自分の姿に少年は自画自賛した。

短い黒髪に大きな瞳を持つはっきりとした目鼻立ち。どこからどう見ても千倉燿の姿だ。この姿なら彼女に何も疑われることなく近づける。

扉の戸窓から二年一組の教室を見ると、流花が自分の席で勉学に励んでいた。セミロングの髪を耳にかけながら真剣な表情で教科書を眺めている。だが、問題に詰まっているのか一向にシャープペンシルは進まない。

ふと時計を見上げ、流花は息をつく。そして休息を取るようにぐっと腕を伸ばした。

集中力が途切れたタイミングを見計らって少年は教室の扉を開ける。

教室に入ると流花は驚いたようにビクッと肩を浮かせた。

「お疲れ」

「よ、燿君？　随分部活終わるの早いね」

目をぱちくりとさせながら流花は少年を見る。彼女がまんまと彼のことを「燿君」と呼んだことから、順調に事が運んでいると少年は確信した。

燿の姿に化けているとはいえ、彼自身が霊体であることは変わりない。そんな彼をこんなにもはっきりと認識しているということは、少年の読みは正しかったのだ。彼女と自分の波長は、ピッタリと合っている。

化ける相手を燿に変えたのも的確だったと少年は感じていた。昨日二人は仲睦まじく話していた。友人の前ならば流花もなおさら警戒心がなくなるだろう。あとは流花に怪しまれないように適当に会話を合わせるだけだ。

「今日、先生が用事あるっていうから早く解散したんだ」

扉を閉めながらそう言うと、流花は「そうなんだ……」と笑う。

「何それ、課題やってたの？」

「あ、うん……家より教室のほうが集中できるから」

「へー、頑張るな」

自然な会話の流れを意識して、少年は彼女を労《ねぎら》う。流花は「え？」と意外そうな声をあげたが、彼女に言葉を紡《つむ》がせないように少年はさらに続ける。

「でも、こんな時間なんだからさっさと帰ろうぜ」

ニッと口角を上げながら少年は流花に帰宅を促す。

「そうだね。燿君が帰るなら……私も帰ろうかな」

流花は少年の言葉に素直に従い、ノートと教科書を閉じて自分の鞄にしまった。

そんな流花の背後に少年はそろりと張りついた。

僕の勝ちだね。

少年はニヤリと笑う。

少年は徐《おもむろ》に腕を流花の首に伸ばす。

彼女に取り憑《つ》いて魂を蝕《むしば》んでじわじわとなぶり殺すか。それとも、このままこの場で首を絞めて彼女を殺すか。どちらにしろ、彼女はもがき、苦しんで死んでくれるだろう。そう妄想するだけでも少年の顔は自然とにやける。

しかし、少年が触れようとした時、流花は「そうだ」と突然立ち上がった。

「そういえば今週末燿君の誕生日だね。何かほしい物ある？」

流花は席から数歩下がるとくるっと振り返り、にっこりと笑って少年を見つめる。

「いきなりなんだ」と内心思った少年だが、話を合わせるために微笑み返した。

「そんな気を遣うなよ」

「でも、せっかくの誕生日なんだし」

「いいって。気持ちだけで十分だ」

このまま話を続けたら墓穴を掘ってしまう。そう思った少年はきっぱりと断って話題を強制終了させた。ここまで言うと流花もこれ以上言及できない。案の定「そっか」と悲しそうに眉尻を下げ、少年に背を向ける。

「――ねえ、燿君」

天井を仰ぎながら、流花は深呼吸する。

「……ちょっと変なこと言うね」

そう言う流花の声は緊張で震えていた。

「どうした？」

この重々しく感じるほど緊迫した空気に流石の少年も訝《いぶか》しがる。

そんな中、流花はゆっくりと少年のほうに振り向き、意を決したように告げた。

「燿君の誕生日は……今週末じゃないよ」

「……え？」

彼女の衝撃的な発言に少年は驚きのあまり目を見開いた。

しかし、そんな彼に追い打ちをかけるように流花は続ける。

「知るはずがないよね。君は燿君じゃないもの」

少年を見つめる流花の目は不安で怯えていたが、迷いはなかった。

「君は誰？」

止《とど》めを刺すように流花は静かに尋ねる。

「な、何言ってるんだよ……燿に決まってるだろ」

足掻《あが》くように誤魔化《ごまか》す少年だが、その狼狽は隠しきれていない。

その動揺があだとなり、少年は自分の霊力がコントロールできなくなった。黒い靄が彼を包み込み、体を覆い隠す。その靄が晴れた頃には少年は本来の自分の姿に戻っていた。

「……いつから気づいてたの？」

悔しそうに顔を歪《ゆが》めながら少年は流花に問う。

そんな彼に流花は強張《こわば》った表情を解き、軽く笑った。

「──最初からだよ」

「最初から……だって？」

信じられなかった。姿はどこからどう見ても千倉燿だ。声まで完全に真似ている。疑われる余地なんてなかったはずだ。それなのに、どうして彼女は最初から燿の偽者だとわかったのだ。

彼の疑問に答えるため、流花は少年に対しての違和感を語り出した。

「そもそも、燿君は私に『お疲れ』なんか言わないよ。言うとしたら『何してる？』とか、『早く帰れよ』かな。だから、教室に入ってきた時から様子がおかしいなって思ったの。極めつけは君が私に『頑張るな』って言ってしまったこと。燿君は、私を労うことなんてしないよ」

彼女の考察に少年は言葉が出てこなかった。流花は少年が教室に入ってきた途端に彼を怪しみ、核心を突くために誕生日プレゼントのことを尋ねた。彼女は決して単なる物静かな少女ではない。観察力だけでなく少年にかまをかけるほどの度胸もある。そのギャップに少年はただただ驚嘆した。

少年が呆気に取られている中、やにわに教室の扉が開かれた。

突然の乱入者に少年も流花も雷に打たれたように驚き、勢いよく扉のほうを見た。

「見ーつけた」

二人を驚かせた人物は全速力をして息を切らしながらも、ニヤリと笑った。

「か、柄沢君？」

いきなり現れた瞑に流花はびっくりして声をあげる。

一方少年は瞑の登場に小さく舌打ちした。

「悪いね、お姉さん」

こうなったらこのまま流花を襲って彼女の体ごと魂を食らうしかない。それに、この間合いならたとえ瞑が駆け出そうが少年が流花を食らうほうが早い。

「お姉さんの魂、もらうね」

波長の合う流花を食らえば少年の霊力も格段に増える。そうなればこんな事態など簡単にひっくり返せるし、運が良ければ瞑の魂も食らうこともできる。少年が霊体である以上、彼のほうが有利だ。

　そう思った矢先、瞑が大きく手を打った。

「なっ⁉」

　体の異変にはすぐに気づいた。瞑が拍手《かしわで》を打った瞬間、少年の手足がピクリとも動かなくなったのだ。流花に手を伸ばした状態のまま、少年がどんなに力を入れても指一本も動かせない。

「……危ないなあ、もう」

　瞑はホッと胸を撫《な》で下ろし、額《ひたい》の汗を手の甲で拭《ふ》く。

「あんた……一体何をしたんだ？」

　眉間にしわを寄せながら少年はギロリと瞑を睨みつけて問う。

　瞑はそんな彼に怯えることなく、そっと下を指した。

「足元、見てみなよ」

　瞑に言われるがまま少年は視線を下に向ける。そして飛び込んできた光景に目を疑った。

紫色の靄が蛇のように少年の足に絡みついているのだ。

「これだけだったら効果はすぐに切れちゃうんだけど……今ならこれで十分でしょ」

　瞑は得意気に笑いながらゆっくり、ゆっくりと少年に近づく。その何を企んでいるかわからない笑顔は却《かえ》って恐ろしく、少年は青白い顔になって震え慄《おのの》いた。

「さ、追いかけっこはもう終わりだよ」

そう言って暝は目を閉じたまま合掌し、お経《きょう》のような摩訶不思議な言葉を呟《つぶや》く。

何語かもわからないその言語に戸惑った少年だが、途端に胸が苦しくなった。内臓から何かが湧き出るような妙な感覚に吐き気を催す。それこそが少年が宿していた邪気であった。

腕珠をつけていた暝の右腕がぼんやりと不気味に青く光る。

暝が少年の額に手をかざすと、邪気を具現化した黒い靄は見る見る暝の掌に吸い込まれていった。

「じゃーね」

暝はかざした手で手刀のように空《くう》を切る。

その瞬間、少年が苦悶の表情で絶叫した。

この異様な光景に流花は言葉を失った。

絶叫が引き金となったように少年から光が放たれる。その光は少年を包み込み、粒子となってそのまま上へと昇っていく。しかし、少年の表情は先ほどまでの荒々しく殺気立ったものではなく、すべてから解き放たれたような穏やかな表情だった。

「……ごめんなさい」

少年は最後にそう告げると、透明になって跡形もなく消えていった。

天に昇った少年を見送ると、瞑は安堵《あんど》した様子でその場に座り込んだ。

「疲れた〜。マジでギリギリだった……」

さっきまでの緊迫した空気はどこへ行ったのやら、瞑はすっかり脱力しきっている。

それも束の間。ようやく自分のしでかしたことに気づき、ガバッと顔を上げる。しかし、時すでに遅し。目の前にはおどおどとうろたえている流花がいた。

「か、柄沢君……さっきのは一体……」

困惑しながらも流花は瞑に訊く。

ここまで見られて今更「気にしないで」とも言えず、誤魔化しも効かない。

「えっと……どこから話せばいいんだろ」

瞑は頭を掻きながらゆっくりと立ち上がり、近くにあった椅子に座り直す。

「もう気づいていると思うけど、さっきの男の子は幽霊だ。んで、俺が唱えていたのは簡単に言えば幽霊を祓《はら》うための呪文かな。男の子はその呪文で具現化した俺の霊力で強制的に成仏したって訳」

先ほど瞑が唱えていた言葉は〝梵語《ぼんご》〟という古代インドの言葉だ。瞑はこの梵語に魂を宿すことができる。これを彼らの間では〝言霊《ことだま》〟と呼んでいた。といっても、誰も彼もがこの梵語を唱えれば言霊を使える訳ではない。肝心なのは言葉に魂を吹き込めるかということだ。上手く扱えると瞑が少年を足止めした時のように念じて拍手を打っただけで発動することもできる。ただし、自分の霊力が相手より強くないと効力はない。

「まあ、俺はまだ霊力のコントロールが下手だからこの腕珠がないと使えないんだけどね」

そう言って瞑は腕につけた腕珠を見つめる。一世は「お守り」と言ってこの腕珠を瞑に授けたが、文字通りこれが彼を守っているのである。

そんなことを突然言われた流花が理解できないことも瞑は承知していた。今だって流花はぽかんと口を開け、呆然《ほうぜん》としている。いきなり幽霊だの言霊だの、理解できる人のほうが少ない。

「とにかく、君が無事でよかったよ」

目を白黒させる流花をよそに瞑は満面の笑みを浮かべる。そんな笑顔を見せられてしまうと流花も頬を引き攣《つ》らせて笑うことしかできなかった。

「じゃ、俺もそろそろ帰ろうかな」

瞑はうんと背中を伸ばし、荷物のある自分の席へと戻る。

「あ、あの……柄沢く――」

帰ろうとする瞑を呼び止めようとする流花だが、彼女のか細い声は開かれた教室の扉の音で掻き消された。

そこにいたのは部活を終えて荷物を取りに来た燿だった。

燿は気怠そうに欠伸《あくび》をしながら教室に入る。だが、瞑を見つけて退《しりぞ》いた。

「よ！　お疲れ！」

瞑はそんな燿に向け陽気に手を挙げ、教室を去る。

「お、お疲れ……」

瞑のテンションの高さに燿は腰が引けながらもそう返す。

「あいつ……まだいたんだ」

立ち去る瞑の背中を見ながら、燿はボソッと呟いた。そして頬を掻きながら徐に流花を見る。

「お前もまだ残っていたのかよ。さっさと帰れって」

燿は無表情のまま素っ気なく流花に言う。だが、そんな彼を見て流花はクスクスと笑う。

「な、なんだよ……」

突然笑い出す流花に燿は顔をしかめる。

「よかった。いつもの燿君だ」

そんな意味深な流花の言葉に燿は訝しげな表情のまま首を傾げた。

雲一つない夕空の下、瞑は誰もいない校庭を一人歩く。

「待って、柄沢君！」

振り向くと流花が瞑のもとまで駆けてくるところだった。

「あ、さっきの。どしたの？」

不思議そうにしながら、瞑は流花がこちらまで来るのを待つ。

「は、話の続きを……聞きたくて……」

流花は息を整えながら、瞑に尋ねる。

「結局、あの男の子は何者だったの？」

「う〜ん……多分、浮遊霊かな。ちょっと悪霊になりかけてたけどね。君にあの子の姿が視えていたのは、あの霊と相性が良かったから。だから、普段は幽霊が視えなくても、あの子の姿が視えたんだ」

あの少年はなんらかの理由でこの世に未練を残し、成仏せずにさ迷っていた。時の流れが彼の魂を蝕み、いつ闇に堕《お》ちるかわからない状態だったのだろう。それがたまたま波長の合う流花と出会ってしまい、彼女の魂をほしいと望んでしまった。その独占欲は彼を悪霊とさせるに十分な引き金だったと瞑は考えている。

幽霊は波長が合う人間を好む。波長が合えば合うほど霊体である自分の姿を認識してもらえる可能性も上がるし、もっと言えば取り憑きやすくなる。取り憑いてその人の魂を蝕むことができればやがて生気はなくなり、彼らのいる〝死の世界〟に引きずり込むこともできる。彼らは自分の仲間を増やすために常に目を光らせているのだ。今回はたまたま流花があの少年に狙われたということになる。

「君、昨日俺が帰る時、窓の外見てたでしょ？」

「う、うん……」

首を縦に振る流花に瞑は「やっぱり」と納得する。

「あの時、あの子も外から君のことを見てたんだ。でも、隠れながらだったから君も気づけなかったんじゃないかな」

そう話すと流花の表情が固まった。しかし、あそこで宙に浮いた少年が視えていたら彼女もパニックになっていたはずだ。そう考えると、視えてなくて正解だったかもしれない。

「放っておいたらもっと厄介になっていただろうけど、早い段階で気づけたから弱い霊のまま対処できたって訳。いやー、間に合って本当によかったよ」

そう言って瞑は目を細めて笑った。呑気に言う瞑だが、それでも流花はどうしても引っかかることがあった。

「ねえ、柄沢君」

恐る恐る問いかけようとするが、流花はこれ以上何も言えなかった。この先の言葉を紡ぐと、今日起きたあの奇怪な出来事を現実として受け止めなければいけない。

そんな彼女の気持ちを察して、瞑はわざと明るい口調で答えた。

「視えるよ、幽霊」

その言葉を口にすると、胸が張り裂けそうになった。

「変だよね、俺」

流花を助けようとした時点で、自分の体質を知られるリスクがあることはわかっていた。幽霊が視える。しかも祓える。そんな異端な自分を誰が受け入れてくれるのか。今だって流花は絶句している。だが、それも仕方がないこと。それも覚悟のうえで彼女を助けたのだから。

「俺のこと気持ち悪かったら避けていいからね」

そうやって笑う暝だが、その笑顔には寂寥感《せきりょうかん》が混ざっている。

ところが、流花は小さく首を振り、優しく彼に微笑みかけた。

「そんなことないよ……助けてくれてありがとう」

想定外の言葉に思わず暝は驚く。だが、すぐに目を細めて笑い、彼女に自分の手を差し出す。

「俺、柄沢暝。君の名前は？」

差し出された手を見て、流花も釣られるようにそっと手を出して目を細めた。

「藤崎流花。これからよろしくね」

そんな彼らの出会いを祝すように、夕陽は綺麗な橙色《だいだい》の光を放っていた。

二　ほんの一休み

柄沢家が絹子川市に引っ越して一週間が経とうとした頃。

あれだけ山になっていた段ボールも家に遊びに来た統吾の協力もあり、今はすっきりと片づけられている。ようやく快適な生活ができるようになり、新生活の良いスタートが切れそうだった。

そんな中、ソファーの上でくつろぐ瞑に悟はメモ用紙と現金を差し出した。

前置きなく渡されたそれらに瞑はきょとんとする。

「何間抜けな顔をしてるんだ。買い出しに行ってこい」

「えー、ジャンケン！」

瞑は腕をブンブン振ってアピールするが、悟は速攻「断る」と却下する。

「誰が夕飯を作るんだよ」

その一言を言われると瞑は何も反論できず、仕方なくメモ用紙と現金を受け取った。

「行ってきま～す」

面倒臭く思いながら瞑は外に出る。そこには悟の返事はない。

ふと境内にある桜の木を眺めると花が咲こうとしていた。北海道の遅い春がようやく来ようとしているのだ。

心を弾ませ、鼻歌交じりで自転車を漕ぐ。瞑にとってはスーパーまで買い出しにいくのもちょっとした冒険だ。

地図も見ずに国道沿いを走る。石段が続く神社の前を横切り、さらに街の西側へと漕いでいく。

自転車を漕いでいるうちに古い商店街の入り口に出た。しかし、休日の午後にもかかわらず商店街は薄暗く、人ひとりいる気配もない。

商店街を見ていると、やがてバスが近くにあった停留所に停まった。

乗客が一人、バスから降りてくる。

降りてきたのは燿だった。気怠そうに欠伸をしている。部活帰りなのか、制服姿で肩にはスポーツバッグがかかっていた。

「燿ー！」

咄嗟に瞑が声をかけると燿はギクリと肩を浮かせた。

「か、柄沢……なんでこんな所にいるの？」

油断していたのか、燿は頬を引き攣らせながら必死に笑顔を取り繕っていた。

そんな彼の問いに、暝はあっけらかんと答える。

「買い物しに来たんだけどさー、道に迷っちゃった。ねぇ、どこかにスーパーない？」

「ああ……そうなんだ。そういえば柄沢ってまだ引っ越してきたばかりなんだっけ。馴染んでたからすっかり忘れてたよ」

呆れたように息をつきながら燿は古い商店街のほうを指差す。

「ここの麓与《れいよ》商店街……街の人は〝旧商店街〟って呼ぶんだけど、ここを抜けた先にスーパーがあるよ。そのスーパーのせいでここは廃れたらしいけど」

そう言うと暝は「おお！」とキラキラと目を輝かした。

「ありがとう！　早速行ってみるよ！」

「あ、でも、ここって――……」

燿がそう言いかけても暝には届いておらず、彼はすでに自転車のペダルに足を置いていた。

「じゃーな、燿！」

燿に手を振る暝は自転車を漕いで颯爽と商店街に消えていく。

「……ま、いいか」

あの感じなら、気にしないだろ。

燿は「やれやれ」と深く息を吐き、ポケットに手を突っ込んでかったるくしながら帰路へとついた。

「うわー……」

麓与商店街の中に入った瞑は思わず言葉を漏らす。

商店街という名前なだけにたくさんの店が並んでいた、しかし、開いている店は一つもなく、全部シャッターが下りている。しかも日当たりが悪いから春なのに風が冷たく、薄暗さと相まっていっそう不気味な雰囲気を醸《かも》し出していた。

さらに奥へ突き進むと、電柱の下に花瓶が置かれていた。ゴミという訳でなく、誰かが意図的に置いたようだ。その証拠に枯れた花が刺さっている。

こんな所で事故でもあったのかな？

視線を向けながらもこの時は深く考えず、瞑はそのまま奥へと突き進んだ。

商店街を出ると燿が言っていたようにスーパーが見えた。ホッと息をつきながらスーパーへと向かう。そして悟に頼まれた物を購入し、すぐにそこを出た。

迷ったせいもあり、瞑が家を出てから一時間半も経っていた。きっと今頃、悟が苛立った様子で彼の帰りを待っているだろう。

悟の眉間にしわを寄せた不機嫌な顔を想像しただけで瞑は身震いした。

自転車を激走させ、急いで家へと戻る。

「ただいま——」

しかし、瞑がリビングの扉を開けた途端、悟が勢いよく駆け出してきた。

「遅え」

助走の力を借りて悟は瞑に向けて飛び蹴りを食らわす。

「ぐはっ」

悟の飛び蹴りは見事に瞑の腹部に直撃する。

瞑はその衝撃で廊下まで吹っ飛ばされ、彼の手にしていたエコバッグは宙を舞った。しかし、悟は焦ることなく、落ちる前にそのエコバッグを受け止める。

無事に頼んでいた品物を回収した悟は、白けた様子で腹部を押さえて痛がる瞑を見下ろす。

「あまりにも遅いから帰ってきたらぶっ飛ばそうと思ってたんだよ」

「そんな物騒なこと言わないでよ……そして実行しないでよ」

「なら一本くらい連絡寄こせよ。こっちは腹を空かせてお前を待ってたんだから」

瞑のツッコミに悟はムスッとしながら台所へ向かい、買ってきた品々を冷蔵庫の中へと入れた。

「ほら、もう飯できるから手を洗ってこい」

「はーい」

悟の言葉に瞑は素直に返事をすると、そのまま洗面所へと向かった。

瞑がリビングに帰った時、食卓には夕食が並んでいた。ご飯に焼き魚、そして煮物と味噌汁という和食で、瞑が買い物に行っている間、すべて悟が準備をしたのである。

それから二人は向かいあって「いただきます」と手を合わせた。しかし、そこからは二人とも無言で夢中になって同じおかずを奪いあって食す。

暫時《ざんじ》の沈黙が続き彼らの皿が空っぽになった頃、悟が無言の空気を断ちきった。

「来週法事らしいから、お前も手伝えよ」

悟はそれだけ言うと自分が使った食器を持って立ち上がった。

スポンジを手にし、瞑に背を向けたまま悟は続ける。

「それから……仏壇の花は俺が買っておく」

「あ、あそこに行くの？」

「……まあ、花を買うならあそこだろ」

悟はそう答えると、そのまま茶碗洗いを始めた。

蛇口から流れる水の音を聞きながら、瞑はふと壁に貼りつけられたカレンダーを見た。

思えば、もうすぐ母の日だ。だが、自分にはもう縁のないイベント。

そう思った途端、胸がちくりと痛んだ。

そんな感傷的な表情を見られないためにも、瞑は自室へと向かい、そのまま籠《こも》った。

すっかり片づいた彼の部屋はとてもシンプルだった。ベッドと勉強机の他、木製の大きな棚が置かれているだけだ。棚には漫画だけでなく、小さな表彰楯もいくつか置かれている。

瞑は表彰楯の隣に置いてある写真立てをそっと手に取った。そこには彼がまだ赤ん坊だった頃に撮った家族写真が入っていた。

写真には今よりもずっと若々しい一世と無表情のまま彼に肩を抱かれている悟、そして瞑を抱いて優しく微笑む母親・静香《しずか》が写っている。

絵に描いたような幸せな家族写真だ。それなのにその写真を見ていると瞑の中から悲しみが溢れ出てきた。

途端に涙が滲《にじ》んできたので、こぼれ落ちないように天井を仰ぐ。しかし、泣かないためにこんな抵抗をしている自分に瞑は虚しさを感じた。

多分、新しい環境になって疲れているんだ。

自分にそう言い聞かせ、瞑は早めに眠りについた。

その日の夜、彼は夢を見た。

内容なんて特にない。ただ、闇の中に静香がいた。

何も言うことなく、栗色の長い髪を風に靡《なび》かせ、静かに笑う。

だが、瞑が腕を伸ばすと彼女は闇に溶けて消えていった。

「母さん！」

彼女を呼んだところで目が覚めた。

ベッドから飛び起き、辺りを見回す。窓の外は真っ暗で、家の中も寝静まっていた。

呆然としながら瞑は天井を見上げる。

久しぶりに静香が夢に出てきたのに、嬉しさを感じなかった。ただ、夢だとわかった途端、目から涙が溢れ出てきた。悲しい訳でもない。淋《さび》しい訳でもない。だが、涙が止まる気配はない。

深呼吸をして溢れ出る涙を必死に抑える。その気持ちとは裏腹に涙は止まらない。

大丈夫。大丈夫。

疲れているだけだから。きっとそうだから。

自分にそう言い聞かせ、瞑は再びベッドに潜り込んだ。

◆
◆
◆

胸糞悪い。

大粒の雨が降る中、悟は今朝《けさ》見た光景を思い出す。

朝食ができあがってても暝が降りてこないのでいつものように彼を起こしに行った。

しかし、布団から顔を出している暝の顔を見ると、大声をあげることも布団をひっぺがすこともできなかった。暝が枕を濡らすほど泣いていたからだ。

暝がここまで泣く姿を久しく見ていなかったから、悟は立ち尽くしたまま彼を見下ろしていた。そして部屋のカーテンを開け、彼が自然に起きるまでそっとしておくことにした。

リビングに戻って出来立ての朝食に丁寧にラップをかけ、置き手紙を書いた。

気分転換にと、悟はこんな雨の中でも車を走らせる。向かう先は街中にある麻沼《あさぬま》商店街だ。麓与商店街が廃れた今、麻沼商店街がこの街の「商店街」と言われている。

麻沼商店街はこんな雨の日にもかかわらず賑わっていた。カッパを来た子供たちが水たまりで遊び、その横で母親たちが楽しげに駄弁《だべ》っている。また、店の外で客と話している店員も生き生きとしていた。

悟はそんな商店街の一角にある花屋の駐車場に車を停めた。店の名前は「高爪《たかづめ》生花店」という。

店の扉を開けると、そこについたベルがカラーンと綺麗な音をたてる。

中に入ると早速色とりどりの花が悟を出迎えた。

店の奥に置かれた大きな水槽では金魚がのびのびと泳いでいる。それらを眺めているうちにあれだけ荒れていた悟の気持ちも自然と和《なご》んできた。

「さーとりん」

この声がするまでは。

振り向くと、エプロンを着た襟足の長い橙色の髪の青年があどけなく笑っていた。

青年の名前は高爪統吾《たかづめとうご》。悟と同じ大学に通う彼の友人だ。この店は統吾の両親が営んでおり、彼も店員の一人である。

黒髪で凛とした切れ長の目をした悟とは違い、統吾は派手な髪色なのだが、その大きな目により幼く見えた。性格もご覧の通り明るく、温厚だ。

見た目も性格も、嗜好《しこう》ですら正反対な二人だが数少ない共通点があった。

それは〝幽霊が視える〟ということ。

入学前に出会った二人はひょんなことからお互い霊媒体質だということを知ってしまった。それがきっかけで仲良くなり、こうして普段も一緒に過ごしている。

そんな中、悟は統吾に対して不服な点もあった。

「その名前で呼ぶなって言ってるだろ」

悟は眉間にしわを寄せて統吾を睨みつける。

「なんで？　可愛いじゃん」

「ぶっ飛ばすぞ」

「まあまあ、そんな顔するなよ。お客さんが怖がっちゃうよ」

殺気立つ悟を見て統吾は愉快に笑う。

こんなマイペースな彼に悟は諦めて頭を掻いた。

「んで、今日は何を買うの？」

「ああ、そうだった。カーネーションを買いたい」

「はいよ」

統吾は悟をキーパーの前に案内すると、そこから色違いのカーネーションを数本取り出した。

「品種改良が進んでるからいろんな色があるよ。赤もあるし、緑やオレンジ、紫まであるんだから。あ、スプレーカーネーションも綺麗だよ」

統吾にカーネーションを見せられるが、悟はすぐに「これで」とピンク色のカーネーションを指した。

「了解、ちょっと待ってね」

統吾はキーパーからピンク色のカーネーションを手に取り、そのままカウンターへと持っていく。

統吾が花を切っている間、悟は素朴な疑問をぶつけた。

「やっぱり母の日だと赤いカーネーションが売れるのか？」

「いや、年々違うよ。俺の家だと去年はオレンジかな。昔は二色だったけど、今はそこまでこだわらなくても良くなったんだ」

悟は「へー」と返しながらも、統吾の答えに少し安堵していた。こだわらなくていいなら、遠慮なくこのピンク色のカーネーションを買える。赤は買えない。だが、白を買うには抵抗がある。それならば、自分の家にはこの色が相応《ふさわ》しい。彼はそう思っていた。

存命の母親には赤色を。

亡き母親には白色を。

その二つの色を混ぜて、ピンク色を——……。

そんなことを考えて悟がぼんやりとしているうちに、統吾はラッピングを終えていた。

「はい、お待たせ」

統吾は悟に花束を渡す。そこには悟が頼んでいないはずのかすみ草が入っていた。

「おい、かすみ草なんて頼んでないぞ」

「ん？　おまけだよ」

統吾はウインクする。

一瞬ぽかんとする悟だが、統吾はすぐさま「跳ね物だからいいの」と笑った。

「だって、これ以上綺麗に咲けないってわかったら捨てられちゃうんだよ。そんなの可哀想じゃん。花だって生きてるんだしさ。だから、さとりんにあげる」

そう答える統吾に目をぱちくりさせた悟だが、やがてニッと口角を上げた。

「なんか、お前らしいな」

「あれ、褒めてくれたの？　ありがと」

笑う悟に釣られるように統吾も子供のような屈託のない笑みを浮かべる。

「じゃ、そろそろ行くな」

「うん、またいつでもおいで」

統吾は悟の先を行き、店の扉を開ける。

あれだけ降っていた雨もいつの間にかやんでいた。

雨上がりの空に太陽の眩しい光が降り注ぐ。その光が水たまりに反射してキラキラと輝いていた。

だが、彼らが美しいと感じたのはそれだけではなかった。細かな光の粒が空へと昇っているのだ。その光は太陽と重なり、より輝いていた。その光が言葉が出なくなるほど綺麗だった。

この光の粒子は人の魂が具現化したもの。悟や統吾のように霊媒体質の者しか視ることができない。

「こういう光景を見るとさ……幽霊が視えてよかったなって思うんだ」

統吾は優しげな表情で空を見上げる。

人の行く末を見つめる統吾の様子に、悟はフッと小さく笑った。

「……そうかもな」

そう呟いて悟も光り輝く青空を見上げる。

「なんか、いいことありそうだね」

統吾は笑みをこぼしながら頭の上で腕を組む。

それは悟も同感だったので、統吾の隣で深く頷いた。

◆　◆　◆

瞑は窓から射し込む強い光で目が覚めた。

腫れぼったい瞼《まぶた》を擦《こす》りながらむくっとベッドから起き上がる。

寝惚け眼《まなこ》で窓を見ると、昨日確かに閉めたはずのカーテンが開いていた。

「もしや」と思いながらベッドの脇に置いたスマホに手を伸ばす。ディスプレイに映った時刻は十一時。その時刻に瞑の思考が停止する。

「やっべ！　寝すぎた！」

瞑は掛布団をふっ飛ばし、寝巻のまま部屋を出た。

いつもなら朝食の時間になると悟が蹴ってでも起こしに来るのに、今日は起こされることはなかった。

慌ててリビングに行くが、そこには誰もいなかった。一世は仕事だとして、悟の姿もない。代わりに食卓の上には暝の分の朝食がラップにかけられて置いてあった。その隣には置き手紙もある。

暝はその置き手紙を手に取った。そこには悟の字でこう書いてある。

『花買ってくる。勝手に飯食ってろ』

悟が自分を起こさず、こうして置き手紙を残すなんて初めてのことだ。

いや、もしかしたら悟はすでに部屋に部屋に入ったのかもしれない。ただ、泣き腫らした暝の顔を見てそっとしておいたのだろう。そして彼が自然に目覚められるように部屋のカーテンを開け、こうして置き手紙を残した。

これも悟なりの優しさだろうが、彼にここまで気を遣わせたことと、いい年をして泣き腫らした顔を見られたことに暝は恥ずかしさを感じていた。

「これは……雪でも降るのかな」

頭を掻きながら、暝は彼が作った朝食を電子レンジで温める。

レンジを待つ間、暝はぼんやりとしながら窓の外を眺めた。

晴れ渡る空から光が射し込む。窓が濡れているので、直前まで雨が降っていたことに気づく。

光に誘われるように暝も窓に近づく。

魂が具現化した光の粒子の輝きは暝にも見えていた。太陽の光と重なりあって光の粒子が反射する。それらの共演による美しさに暝も思わず感嘆の息をこぼした。

悟と統吾、そして暝は光が視えなくなるまでその美しい景色を眺めていた。

これから始まる出来事までの、ほんの少しの休息だった。

三　花びらは風に流れる

五月の連休が明けた頃になると、瞑はこの木綿陸高等学校での生活に慣れてきた。特に藤崎流花とはあの事件以来自然と話すようになった。また千倉燿とは隣の席であるため、否が応でも関わることが多い。

この数週間のうちで瞑は二人のことがわかってきた。

まず、燿は大人しく座っているだけなのに男女関係なく話しかけられる。かといってクラスの中心的な人物という訳ではなく、どのクラスメイトに対しても深追いもせず、拒むこともなく、程よい距離感を保っていた。そのため、燿のことを悪く言う者がおらず、人間関係のトラブルもなさそうだ。

一方、流花は休み時間のたびに静かに読書をしていた。しかし、自分で「友達は少ないほう」と言っていた彼女もクラスメイトに話しかけられたらちゃんと受け答えするし、たまに違うクラスの、髪を二つに結んだ小柄な女子と話していることもある。彼女もそれなりに平和的な学校生活を送っていたのだ。瞑は密かに流花のことを気にかけていたのだが、彼女自身困ってなさそうなので余計なお世話だったようだ。

だがある日のこと。流花が好きな読書にすら身が入らないほどぼんやりとしていた。授業中もずっと上の空で、黒板を見る目も虚《うつ》ろだ。

「どしたの？」

心配した暝が声をかけるが、流花は「何が？」と惚《とぼ》けた。

「なんか……今日の流花、元気ないよ？」

「そう？　気のせいじゃないかな」

流花はそう言って笑顔で暝を受け流す。だが、その笑顔ですら暝にはわざとらしく見え、なおさら不自然に感じた。しかも、いつもは放課後に残って読書や課題をする彼女なのに、今日はホームルームが終わった途端に教室を出たのだ。

いつもとは違う流花に暝は小首を傾げる。

「なあ燿。今日の流花、なんか変じゃなかった？」

暝は隣の席で部活に行く準備をしている燿に尋ねる。

「変って言われても……」

一瞬渋い顔をする燿だが、すぐに思い出したように「ああ」と頷く。

「柄沢は知らないもんな」

「え？」

「いや……なんでもない。俺、部活だから行くわ」

燿は笑顔で誤魔化した後、部活用具を持って教室を出た。

「あ、燿!」

咄嗟に瞑は呼び止めるが、燿は振り向きもせず完全に無視する。

「なんだよ、あいつ……」

立ち去る燿の背中を見つつ瞑は独り言ちる。

だが、これ以上訊くこともできないので、瞑は仕方なく帰宅することにした。

家に着くまでの道のりも瞑は燿が言った言葉が気になっていた。

しかし、いくら考えても瞑にわかるはずもなく、ため息をつきながら、瞑は自宅の玄関の扉を開けた。

その途端、食欲をそそるいい匂いが流れてきた。まだ十七時にもなっておらず、夕食の支度には随分と早い。

不思議に思いながらリビングの扉を開けると、台所で藍色の作務衣《さむえ》を着た坊主頭の男が調理をしていた。

「おや、おかえりなさい」

男は瞑に気づくと持ち前の大きな目を細めた。

彼の名前は柄沢一世《からさわかずよ》。

この寺の住職であり、悟と瞑の父親である。

「あれ？　父さん早いね」

「今日は早く終わったんですよ」

一世はそう言いながら、まな板に置いた野菜をリズムよく切っていく。

普段の一世は遅くまで仕事をしているので、家事は悟に任せきりだった。しかし、仕事が休みの日や早く帰宅した日はこうして手料理を振る舞う。悟は「せっかくの休みなんだから休めよ」と気遣うが、たまに調理をしないと腕が鈍るのだと一世は言う。

「できあがったら呼びますから、瞑も休んでいてください」

瞑は「うん」と頷くとひとまず着替えるために自室へ向かう。制服から部屋着に着替えた後はリビングに戻り、ソファーに座って茶をすすっている悟の隣でくつろぐ。

なんとなしに瞑がテレビを点《つ》けるとちょうどニュースの特番が放送されていた。

「あの悲惨な事件から今日で二年が経ちました」

テレビに映るニュースキャスターは深刻な表情だ。

〝絹子川連続殺傷事件〟

テレビのテロップにはそう書かれてある。

「絹子川」と聞いて瞑も悟もテレビ画面に目を奪われた。しかも最近まで違う街に住んでいた瞑たちでも一度は聞いたことがある事件だ。それくらい二年前は頻繁《ひんぱん》にニュースに取り上げられていた。

初めは夜間に女性がナイフで切りつけられるというものだった。犯人はすぐに逃走してしまい捕まえられなかったが、女性も軽い怪我で済んだのが不幸中の幸いといえる。

だが、この日から似たような事件が相次いだ。どれもこれも夜間に女性がナイフで襲われるというもので、結果的に四人の女性が被害を受けた。凶器がナイフだということと、被害にあった地区がすべて近くだったので警察は同一犯の仕業と見ていた。だが、犯人は夜にしか行動せず、パーカーのフードを深くかぶっているため顔がわからず、目撃者も少なく捜査は難航していた。

ただ一つわかっているのは「口元に大きなほくろがある男だった」ということだけだった。

これ以上被害を出すまいと警察は夜間のパトロールを強化し、絹子川市役所からも夜の外出を控えるよう積極的に市民に声がけをした。その効果があったからか、連日起こっていた通り魔事件の被害もなくなった……かのように思えた。

だが、事件は最悪の結末を迎える。

テレビのニュースキャスターは当時のことを振り返るように語り出す。

「死亡した藤崎奈古《ふじさきなこ》さん、当時四十三歳は、当時中学三年生だった娘・Aさんを連れて買い物に出かけていました。しかし、その途中で犯人に襲われ、Aさんを庇《かば》った際に包丁で首や背中を複数回刺され、亡くなりました」

……藤崎？

ニュースキャスターが告げたその名前に瞑は思わず反応した。

「なあ、親父《おやじ》。藤崎って……」

今まで黙ってニュースを聞いていた悟が一世に尋ねたので、瞑も一緒になって振り向く。

一世は布巾で自分の手を拭くと、眉尻を垂らしながら憐れむように悟に返した。

「ええ……明日、ここで法事を執り行う故人の方ですよ」

「え？」

想定外の言葉に瞑は驚きのあまり目を見開いた。

「まさか」とそのままテレビ画面に目を向け、ニュースの内容に耳を傾ける。

被害者の藤崎奈古は追いかけてきた犯人から娘を逃がすために犯人を足止めしたという。命からがら逃げた娘は近隣住民に助けを求めたが、住民が呼んだ警察と共に現場に戻った時、母親はすでに変わり果てた姿となっていた。犯人は未だに見つかっていない。

――柄沢は知らないもんな。

不意に燿の言葉が瞑の脳裏を過《よぎ》る。

教師もクラスメイトもみんな知っていたのだ——藤崎流花が〝絹子川連続殺傷事件〟の被害者の娘であるということを。

瞑が流花のことを尋ねた時、話を掘り下げなかったのは燿なりの優しさだった。

流花のことを思うと胸が苦しくなった。

母親が自分を庇って殺された。しかも犯人は未だに捕まっていない。母親を亡くした悲しみだけでなく、犯人に対する憤りも感じているはずだ。しかし、そんな複雑な感情を学校で出せるはずもなく、ずっと押し殺していたのだろう。むしろ、祥月命日なのによく学校に来たものだ。

ため息をつきながら瞑はソファーの背もたれに寄りかかる。

ふと隣を見てみると、悟が眉間にしわを寄せながらじっとテレビ画面を見ていた。

「どしたの兄ちゃん。顔が怖いよ」

いつもより表情が厳《いか》つい悟に瞑は小首を傾げる。

「いや……なんでもない。なんか、胸騒ぎがしただけだ」

悟はそれだけ言うとそっと自分の頭を掻いた。

「胸騒ぎ……ねえ」

悟の言葉を小声で繰り返し、瞑は天井を見上げる。

〝絹子川連続殺傷事件〟

この街を恐怖に陥れた忌々しい通り魔事件。

事件の全貌を知れば知るほどもどかしさを感じ、瞑はとても悲しい気分になった。

ただ、テレビ画面に映る藤崎奈古の写真だけが、穏やかな表情で微笑んでいた。

◆
◆
◆

「あの悲惨な事件から今日で二年が経ちました」

テレビ画面に映ったニュースキャスターの深刻そうな顔を見つめながら、藤崎流花は自宅のリビングで佇んでいた。

画面に出る事件の名を見ていると息苦しくなり、頭が絞めつけられるような痛みを感じた。立っているだけで眩暈《めまい》がする。それでも彼女はテレビの画面をかぶりつくように見ていた。

「死亡した藤崎奈古さん、当時四十三歳は、当時中学三年生だった娘・Aさんを連れて買い物に出かけていました」

ニュースキャスターがそこまで語ったところで流花はようやく息をついた。彼らは自分の言いつけを守ってくれたのだ。

——娘の名前を出したら、ただじゃ置かないからな？

不意に彼女の脳裏に、怒りの籠った低い声が過る。

あれは今からひと月以上前のことだ。

このニュース番組の関係者たちが流花の家の前で父親と彼女の帰宅を待っていた。

学校を終え、父親より一足早く帰り着いた流花は、家の前で群がっている幾人もの関係者を見て思わず固まった。

「藤崎流花さんですよね？　例の事件のことでお話を伺いたいのですが」

流花の姿に気づいた一人の番組関係者が彼女に近づく。

その先でテレビ用カメラも構えられ、インタビュアーも手の内の録音機のスイッチを入れる。

流花はこの光景が嫌いだった。

二年前も彼らはこうして自分の家の前に無許可でやってきて、自分の傷口をえぐっていった。被害者遺族であり、自分自身も犯人に襲われた被害者でもある流花はテレビ関係者に取って恰好の存在だった。彼女が一言何か話しただけで世間の注目を集めると思われているのだ。ただし、注目は注目でも〝同情〟という名の注目だ。

逃げなきゃ。逃げなきゃ。

そう思っているのにもかかわらず、流花の足は竦《すく》んで動けなかった。

彼らが自分に向けてくる視線が怖い。彼女はなんと答えるのだろうという期待が怖い。

いろんな恐怖が一気に彼女に襲いかかり、目には自然と涙が浮かんできた。

胸が苦しくて、呼吸も浅くなる。頭が痛くなり、今にも倒れそうだ。

しかし、流花が後ろに倒れかけたその途端、何者かが背後で彼女を支えた。

「そいつにインタビューは無理だって何回言ったらわかるんだよ」

尖った低い声が流花の頭上から聞こえる。

振り向くと髪を後ろに流し、うっすらと顎ひげを蓄えた背の高い男が立っていた。鋭い眼光は威圧的なオーラを放っていた。

彼の精悍《せいかん》な顔つきにその場にいたテレビ関係者たちが押し黙る。ただ、流花だけは安堵した表情を浮かべていた。

「お父さん……」

今にも泣き出しそうな声で流花は男を呼ぶ。

男の名は藤崎新太《ふじさきあらた》。死亡した藤崎奈古の夫であり、流花の父親である。

「これは藤崎さん……ご無沙汰しております」

テレビ関係者の男の一人が新太に近づき、会釈する。

歩み寄る彼を新太はギロリと睨む。その眼差しに男は一瞬怯《ひる》んだが、それでもニコニコとわざとらしい笑顔を浮かべた。

その様子に新太は呆れたように息をつく。

「帰れよ。こいつがお前らに話すことなんて何もない」

新太はそれだけ言うとテレビ関係者たちの顔を見ることなく、彼らの中を突き抜けていった。

「流花、来い」

新太に呼ばれ、流花も慌てて彼の後ろにつく。

「ですが、藤崎さん！」

男が思わず呼び止めたが、新太は振り向こうともしなかった。

代わりに新太は足を止め、背を向けたまま彼らに言い放った。

「お前らに一つ言っておくことがある。報道するのはお前らの自由だが……娘の名前を出したら、ただじゃ置かないからな？」

彼の怒りを含んだ低い声にその場にいた関係者たちだけでなく、流花ですらも恐れ慄いた。

凍りついた空気の中、固まる関係者たちをよそに新太と流花は自宅の中へと入っていった。

玄関の鍵を閉めたところで、流花は力が抜けたようにその場でしゃがんだ。

「おい、どうした」

流花の異変に新太もすぐに彼女に近づき、顔を覗き込む。

俯《うつむ》いている流花の体は小さく震えていた。

「……怖かったか？」

なるべく優しい声で新太は流花に尋ねると、流花はコクリと首を縦に振る。

「……いつまでこんなこと続くのかな」

今にも消えそうな声で流花は新太に訴える。

泣き出しそうな流花に心を痛めたのか、新太はそっと彼女の頭を撫でた。

流花はテレビに対して異常な恐怖心を抱いていた。事件当初に報道陣が被害者の娘として彼女の名前を出したのだ。そのせいで彼女は〝通り魔事件の被害者〟と〝殺人事件の被害者遺族〟ということが周りに知られてしまった。

それから流花は周りの視線が怖くなった。自分がその二つの名称でしか見られていないように思えたからだ。

街を歩けば、学校に行けば、みんな口を揃えて「可哀想」という。そんな憐れむ眼差しにさらされるのが居たたまれず、とても情けなく感じた。

また自分の名前がニュースで出たら……そう考えるだけで胸が苦しくなる。

しかし、彼女を苦しめるのはそれだけではなかった。〝藤崎奈古〟という名前や当時の事件の詳細。それらのことが聞こえるだけでも彼女についた心の傷はえぐられる。犯人が捕まっていないのだから、情報収集するためにも報道を続けてもらうことは自分たち遺族にもメリットがある。それはわかっているのだが、やはり流花には耐えられなかった。

〝絹子川連続殺傷事件〟

その言葉を聞くと、当時のことが鮮明に思い出される。奈古の叫び声と、狂ったように大笑いする犯人の声。そして冷たいコンクリートに流れる奈古の鮮血。もう忘れてしまいたいのに、こうしていとも簡単に、流花の脳内で想起されてしまう。

胸の苦しさを必死に抑え込んでいるうちにテレビから流れる音楽が陽気なものになった。先ほどまでやっていた事件の特番が終わり、天気予報に変わったのだ。

流花はホッとしたように息を吐き、脱力したようにソファーの上に横たわった。緊張感から解放されたら一気に疲労が押し寄せてきた。瞼も重くなり、このまま眠ってしまいそうだった。

ふと流花は仏間に置かれた奈古の遺影に目をやる。

遺影の中の奈古は生前の時と変わらず、笑窪《えくぼ》を作って優しく微笑んでいた。色白の肌に茶色がかった長い髪。その容姿は十分流花が受け継いでいる。

「……お母さん」

流花はぽつりと彼女を呼び、そっと瞼を閉じた。

しかし、時計の針が時を刻む音がするだけで、誰も彼女の呼び声に応えなかった。


流花は夢を見た。

真っ白な空間で奈古が微笑んでいた。

「流花」

名前を呼ばれた流花は即座に奈古のもとへ駆け寄り、彼女の胸に飛び込んだ。

奈古も両腕を広げ流花を受け止める。そして力強く彼女を抱きしめた。

「お母さん」

流花は嬉しさのあまりに涙を流した。だが、彼女の顔を見上げた途端、ハッと息を止めた。今の今まで優しく微笑んでいたはずの奈古の顔が溶けるように崩れ、骸《むくろ》に変化していく。

悲鳴をあげる流花だが、逃げようにも力強く抱きしめられているせいで身動きが取れなかった。

「やめて！　やめて‼」

だが、いくら流花が抗《あらが》っても骸は彼女を一向に離さない。

「流花……流花……」

骸は真っ白な細い腕を流花の首へと伸ばしていく。

氷のように冷たい手は、やがて流花の首を絞めていく――……。


流花は悲鳴と共に飛び起きた。ソファーに横たわっていたはずなのに、なぜか自室のベッドで眠っていた。

ソファーで横たわっていたのは覚えている。けれども、そこからここまで移動した記憶がない。しかも着ている服は制服のままだ。

スマホで時刻を確認する。時刻は朝の八時半。つまり、流花はあれから夕食も食べずにずっと眠っていたということになる。

空腹感を抱きながら下の階へ降りると、新太が台所で朝食を作っていた。

「おはようさん。昨日飯も食ってねえから腹減ったろ？」

新太はニッと微笑んで食卓に朝食を出していく。

そんな彼に流花は申し訳なく眉尻を垂らす。

「ベッドまで運んでくれたのお父さんだよね？　ごめんなさい……ご飯も作れなかったし」

「謝るなよ。昨日はお前も疲れてたんだろ。そんな日もある」

そう言って新太は自分の席に座る。

「ほら、飯食うぞ」

新太に促され流花も席に着く。

「いただきます」と手を合わせた後は新太が焼いた食パンを口にほおばる。

「今日は十時半にお寺だ。行けるか？」

「うん、大丈夫」

「そういえば今回から住職さん変わるんだったな。会ったらお前も挨拶しておけよ」

思い出したように新太がそう付け足す。住職が変わることは流花も聞いていたが、新しい住職に会うのは流花も新太も初めてだった。

「わかったよ」と頷く流花だが、初対面の住職のことを考えると少し緊張した。


シャワーを浴び、喪服代わりの制服にアイロンをかけているうちにあっという間に出発の時間になった。

寺は歩きでも三十分もかからない場所にある。

寺にたどり着くとすでに袈裟《けさ》を着た男が待機していた。

新太は彼が誘導するままに車を境内に入れ、本堂の前に停める。

エンジンを切って二人が車から出ると、男はにっこりと笑って頭を下げた。

「初めまして藤崎さん。住職の柄沢一世《いっせい》です」

「どうも。今日はお世話になります」

新太も一世に軽く会釈する。流花も表情を固くしながらも新太の隣に並び、小さくお辞儀した。

「あなたが流花さんですね？　息子がいつもお世話になってます」

「あ、はい……え？」

あまりにも一世が自然に言うものだから頷いてしまったが、流花は思わず聞き返した。

そんなリアクションを取る流花に一世はクスクスと笑う。

「ほら、そこに」

一世が後ろを振り向くと、本堂の扉が少し開いていた。

そこから瞑がひょこっと顔を出し、流花に向かって手を振る。

「か、柄沢君⁉」

瞑の名前を口にして、ようやく流花は住職と瞑が同じ苗字だと気づいた。

驚きを隠せずうろたえていると、新太が隣で意外そうな顔をする。

「なんだ、知り合いか」

「息子と同じクラスだそうで、仲良くしていただいているとか」

微笑ましそうに眺めていた一世も、「さて」と話題を変える。

「直《じき》にご親族の方々もお見えになるはずですから、中へお入りください」

そう言って一世は二人を本堂へと招き入れた。

それから間もなくして藤崎家の親族が次々と大榛寺へやってきた。あれやこれやとしているうちに法事の時間になり、参列者は奈古の遺影の前に座っていった。

本堂には一世のお経と鈴《りん》の音が虚しく響き渡る。

その様子を瞑は隠れるようにしながら覗き込んだ。

背中を震わせ、俯いたまま泣いている流花の姿がここからでも見える。

悲しみに暮れる流花を見ていると、瞑まで泣きたくなった。

これ以上は見ていられないと、瞑は逃げるように庫裏《くり》へと向かう。

庫裏にはすでに悟がいた。彼の奥には弁当屋から受け取った昼食が段ボールに入って置かれている。

「机は並べたから、お前は弁当を持っていけ。落としたらぶっ飛ばすからな」

悟はそう言って瞑に段ボールを持たせる。一つ、二つと瞑の腕にのせるが、もうすでに瞑の腕はプルプルと震えていた。それでも悟は三つ目の段ボールをのせようとする。

「……これ、俺をぶっ飛ばす気満々じゃない？」

容赦ない悟に瞑は半目になって尋ねると、悟は「え？」と意外そうな声をあげた。

「よくわかったな」

「本気だったの⁉」

あっけらかんと言う悟に暝も思わずツッコミを入れる。そんな暝を見て悟は悪戯っぽく笑い、「ほら、行けよ」と彼を広間へと促した。

「まったく……油断も隙もない」

悟のドS気質に肝を冷やしながらも、暝は慎重に段ボールを運んでいく。しかし、一息つく間もなく、再び庫裏へと戻る。

庫裏に着くと法事を終えた一世が悟と話していた。

「お疲れ様。終わりましたので悟は本堂の片づけを手伝ってください」

「了解」

そう言って悟は庫裏を出る。

「暝は引き続き昼食の準備をお願いします」

「うん、わかった」

「それともう一つ……流花さんをしばらく我が家にいてもらえるようにしてくれませんか？」

「え？」

唐突な請《こ》いに暝は驚きの声をあげる。

一世の表情は厳しく、深刻であった。

彼の顔を見ていると瞑もどんどん不安になった。

瞑の不安感を読み取った一世は、一つ息をつき、そっと瞑に告げる。

「流花さんから黒い影が視えました。まだ小さいですが……嫌な予感がするんです」

「黒い……影？」

意味深な単語に瞑は食いつく。

「黒い影は災いの前兆。これが何を示しているのかは私もまだわかりませんが、外に出すよりは守護がある境内にいたほうがいいでしょう」

一世のいつになく真剣な眼差しに瞑も胸がざわつく。

「本来ならば私がそばにいるべきなのですが、生憎《あいにく》お斎《とき》が終わり次第外出しなければいけません。しかし、車は置いていきます。悟には留守番を頼んでおきますから、万が一必要な時は彼を頼ってください。せめて私が帰ってくるまで、君が流花さんを護るんですよ」

一世の大きな目にじっと見つめられるとプレッシャーを感じた。

高鳴る心臓に瞑はごくりと唾《つば》を呑む。

そんな彼の緊張を解《ほぐ》すように一世は目を細め、瞑の両肩をトンっと優しく叩いた。

「いざという時はとっておきを使ってもいいですから。頼りにしてますよ」

その言葉も瞑にとっては気休めにしか聞こえない。不安要素があるこの事態に、瞑はぐしゃぐしゃと自分の頭を掻いた。

自宅で昼食を取った後、瞑は一世に言われた通りに寺の広間へ向かう。

広間の入り口から流花を見ると、彼女はもうすでに昼食を済ませていた。親戚と話しているがそこにいつもの彼女の笑顔はない。返答はするものの、心ここにあらずという具合で淡々と機械的に返していた。

それにしてもこの状況で流花に声をかけるのはなかなか勇気がいる。

これ、ナンパじゃない？

思わず瞑は苦笑する。

クラスメイトとはいえ女子を自分の家に誘うなんて一歩間違えれば流花に不審がられるし、下手すると嫌われる。これでは今後の学校生活に支障が出てしまう。一世はなんて無茶苦茶な要求をしたのだ。瞑はため息をつく。

そう見つめているうちにやがて流花が瞑の視線に気づいた。

しまったと肩を浮かせた瞑だが、流花はにこっと笑って瞑に手を振る。

こうなったら、仕方がない。

意を決し、瞑は流花のもとへと歩み寄り、彼女の隣にしゃがみ込んだ。

「やあ、流花」

懸命に笑顔を作ってみたが、瞑の頬は不自然に引き攣っていた。

「どうしたの？」

不思議そうな流花に暝は誤魔化すように「あはは……」と笑う。だが、その目は泳いでおり、なおさら彼女に違和感を抱かせるだけだった。

「ひ、暇なら……うちに来ないかなー……なんて」

しかし、逃げた視線の先には新太がいた。

新太の厳つい顔立ちに思わず暝は退いた。一世とは正反対のピリピリと漂う緊張感と圧迫感にすっかり暝は怖気つく。

そんな新太が暝に向けてニヤリと笑う。

「せっかく誘ってくれてるんだ。たまには遊んでこいよ」

そう言って新太は馴れ馴れしく暝の肩に腕を回した。それが却って暝には恐怖で、自然と肩に力が入った。

ぎこちない笑みを浮かべながら、暝は助けを求めるように流花を見る。

そんな強張る暝に新太は囁《ささや》いた。

「ボウズ、幸運を祈るぜ」

勘違いされた‼

咄嗟に暝は新太を見るが、顔を向けた時にはもう新太に先ほどまでの笑顔はない。

「でも、うちの娘に何か仕出かしたら……どうなるかわかってるな？」

低い声で釘を刺すように言う新太に瞑はウンウンと何度も頷いた。

「お、お父さんもそう言ってくれてるしさ、行こう流花」

新太の殺気を感じながら瞑は流花を手招きする。当の流花はこの状況を読み取っておらず頭にクエスチョンマークを浮かべているが、ひとまず立ち上がって言われるがままに瞑の後についた。

流花を連れて瞑は逃げるように自宅へ続く渡り廊下を歩く。

あー、めっちゃ怖かった。

ここまで来てようやく瞑の気が休まった。先ほどの新太の殺気を思い出すと、今でも身震いする。あの目つき、あのドス黒い気迫。こんな大人しく穏やかな流花の父親とは思えないほどの風貌だった。あんな強面《こわもて》なら任侠映画に出てきてもおかしくはない。

「流花の父さんって一体何者？　ハチ・キュー・サンじゃないよね？」

それは勿論〝どこかの組員〟を指して言ったのだが、流花には通じなかった。

「ハチ・キュー・サン？　お父さんは普通の公務員だよ？」

その回答に瞑は「マジでか」と口をあんぐりとさせた。

そんなたわいない会話をしているうちに木製の扉の前まで来た。その扉を開くと柄沢家のリビングに出る。

リビングに足を踏み入れる前に瞑は「シーッ」と人差し指を口元に当てた。

「兄ちゃんにばれたら色々面倒だから」

そしてキョロキョロと中を見た後、「いいよ」と流花を中に入れる。

リビングには誰もいなかったが、上の階から微かにギターチューンが聴こえてきた。

「多分、兄ちゃんが部屋で音楽聴いてる」

そう小声で言う暝はすぐに流花を二階へと案内する。

階段を上がると部屋が二つ並んでいた。階段により近い、右側にあるのが暝の部屋である。

暝は静かに扉を開け、流花を招き入れる。

片づけられたシンプルな部屋を見て、流花は「綺麗な部屋だね」と褒めた。

「片づけないと兄ちゃんがうるさいからね」

暝は照れながら頭を掻く。

「お兄さんって、さっき本堂で片づけを手伝ってくれた人だよね？」

「そうそう。怒ると超怖いから流花も気をつけてね」

笑いながら暝は「適当に座って」と勉強椅子に座る。

部屋を見回した流花の目に最初に入ったのは棚に飾られた表彰楯だった。

「凄い……これ、全部柄沢君の？」

「うん。まあ、全部田舎の大会だけどね」

流花は「へえ」と感心しながら表彰楯を覗き込む。しかし、そこに刻み込まれたその競技名に流花は目を丸くした。

「弓道?」

きょとんとした流花に暝は得意気に弓を構える仕種《しぐさ》をした。

「俺、中学まで弓道やってたんだ。ぎゅっと引いてドバーン！　って的に中《あ》てるのが楽しくてさ」

「効果音が違う気がするんだけど……でも、この辺りの高校って弓道部ないから残念だね」

「そうだけど……いっぱい勝ったからいいんだ。元々は父さんに勧められてやっただけだしね」

笑ってみせる暝だったが、淋しさが隠し切れていないのは流花もわかっていた。流花も「そっか」と言いながら、そっと棚に視線を戻す。

そこで流花は柄沢家の家族写真を見つけた。

「可愛いー！　柄沢君、小さい頃から赤毛なんだねー」

クスッと笑いながら流花は写真立てに手を伸ばす。一緒に写った静香に目をやるとその可憐さに流花は驚いたようだった。艶のある直毛の長い栗色の髪に真っ白い肌。目元は悟に似ているが、「美人」の一言では言い表せられないほど魅力的でなおかつ気品を感じた。

「こんな綺麗なお母さん、初めて見るよ」

「ありがとう。しかも優しかったんだよ」

淋しそうに言う暝に流花はハッと振り向いた。

「優し……かった？」

「まさか」と泡食った流花とは対照的に暝は落ち着いたトーンで答えた。

「死んだんだ。俺が小学校六年の時に……病気で、だけどね」

「亡くなった……」

そう呟いた時、流花の目からほろりと涙がこぼれた。

「え？　だ、大丈夫？」

突然の涙に暝は戸惑うが、流花のほうがもっと驚いていた。

「ご、ごめんなさい。わ、私……」

自分の意思と関係なく流れた涙にうろたえる流花だが、薄々と涙の訳に気づいていた。

しかし、その感情は暝に対して決して抱いてはいけない感情だ。

不思議そうに暝は流花を見つめる。その純粋無垢な眼差しを向けられると却って苦しかった。

「あ、あのね……」

徐に語り出す流花に暝は「ん？」と首を傾げる。

「……初めて会ったの。同い年で、お母さんがいない人」

その言葉に瞑は一瞬目を見開いたが、すぐに顔が悲しげに曇った。

流花の同級生にも片親はいたが、全員母子家庭だった。そもそも母親と死別している同年代なんて、彼女の年頃だと多くない。それが「母親を亡くした」という同じ境遇を持つ者が目の前にいるのだ。

「だからね……ちょっと嬉しかったの……最悪だよね。ごめんね」

正直に瞑に言うと、流花はもう彼の顔を見ることができなかった。伏し目がちになり、泣きたくなる気持ちを抑えようとぎゅっと拳を作る。

そんな彼女に瞑はフッと短く笑う。

「気にしないで……俺も、そう思ったから」

流花が顔を上げると、瞑が箱ティッシュを差し出していた。

「ありがとう、柄沢君」

流花はティッシュを受け取り、流れた涙を拭いた。

その礼の二つの意味にも瞑は気づいている。

「てかさー、流花ってもしかして泣き虫?」

ケラケラと笑ってからかう瞑に流花は「酷いよー」とティッシュで涙を拭いた。

「もう……柄沢君も燿君みたいなことを言わないでよー……」

不貞腐れる流花に瞑は「そういえば」と思い出す。

「燿と流花が仲いいって意外だよね」

瞑が抱く燿は交友関係が広くて浅いイメージで、特に女子に関しては余程の用事がない限り自ら話しかけることはなかった。けれども流花曰《いわ》く、自分にはよく話しかけてくれるという。

小首を傾げる瞑に流花は「そっか」と一人納得する。

「言ってなかったもんね。私たち、去年も同じクラスだったんだ」

そう言って流花は去年あった出来事を瞑に語り出した。

あれはちょうど一年前。

去年も事件があった日になるとニュースでは〝絹子川連続殺傷事件〟のことを取り上げていた。

案の定、翌日はクラス中事件の話題で持ち切りになり、事件当時のように周りは流花に起きた悲劇を、勝手に話題にあげ、勝手に憐れんだ。それはさらし者にされたような感覚で、流花にとっては恐怖しかなかった。

浴びる視線から気を紛《まぎ》らわすために流花は必死に読書に没頭した。読書をしている間は自分の世界に引き籠れるからだ。

だが、一度感じた恐怖心はいつまでも治すことができず、読書をしていても呼吸をするのも苦しくなっていた。けれども、こんなことを新太に相談できるはずがなく、家にいる時は平気なふりをした。

そうやって何日か自分を誤魔化し続けていたが、ある日突然体が耐えられなくなった。放課後、一人になった途端に涙が溢れ出したのだ。

滝のように流れ出す涙に流花は戸惑う。しかし、こんな泣いた状態で家に帰ることはできない。だから涙が止まるまで流花は一人孤独に泣いた。その時は、まるで空気を察するように流花のいる教室には誰も近づかなかった。

流花のすすり泣く声が教室に虚しく響き渡る。

そんな中、なんの前触れもなく教室の扉が開かれた。

開けたのは千倉燿だった。

驚いた流花は思わず振り向くが、燿は流花をチラッと見ただけで無言で自分の席に座った。

慌てて俯く流花だが、泣いている彼女を見ても燿は何も言わなかった。

その沈黙が流花には非常に気まずかった。誰とも気兼ねなく話す燿だが、流花とは一度も燿と話したことがなかった。しかも今の燿はいつもと違い、冷たく近寄りがたい雰囲気を醸し出している。

しかし沈黙を破ったのは燿のほうだった。

「なんで泣いてるんだ？」

その声にいつもクラスメイトと話している時のような明るさはない。

「同情されるのってそんなにキツイのか？」

淡々と話しかけてくる燿に流花は恐る恐る顔を上げる。

「お前、わかりやすい」

潤んだ目の流花を見て燿は眉根を寄せる。

「だって……私の気持ちなんて誰もわからないじゃないですか……」

燿に告げると流花の目からまた大粒の涙が流れてきた。

これがきっかけで彼女が胸内にため込んでいたいろんな感情が一気に溢れ出した。

「みんなみんな、私のことを話題の種にして、上っ面だけで『可哀想』って判断して……私の何がわかるんですか！」

思い出したようにマスコミが騒ぎ立てるだけで、事件が解決する気配はまったく見られない。それも時が経つとまた事件のことは忘れ去られる。その無情さも彼女はわかっていた。同情だけの注目はとても惨めだった。

「でも……一番嫌いなのはそんな周りに勝てない自分なんです」

事件の名前を目にするだけで、憐れみの視線を感じるだけで、彼女は事件のことを思い出して恐怖してしまう。頭も痛くなり、目も見て話せないくらい震え、取材もまともに受けられない。こんなにも情けなく思っているのに、恐怖に打ち勝つ術《すべ》もわからないでいた。

「お母さんは命に代えて私のことを護ってくれたのに、私はお母さんのために何もできていない……でも、どうすればいいかわからなくて……」

この劣等感こそが彼女を苦しめた。しかし、その感情ですら処理することもできず、当てのない虚無感が広がっていくだけ。

「でも、こんなこと誰にも言えないから……私……私……」

俯いて泣き出す流花に、燿は動ずることなく息をつく。

「んなもん俺が知るかよ。俺はお前じゃねえんだ」

きっぱり返す燿に流花はゆっくりと顔を上げる。

気づけば燿は流花の前に立ち、じっと彼女を見つめていた。

「そもそも自分の思いを百パーセント人に伝えるなんて、不可能だろうが。自分の気持ちは自分にしかわからない。それでもわかってほしいのなら、伝わるようにそれなりに努力するべきなんだよ——今のお前みたいに」

静かに語る燿に流花は言葉を詰まらせた。

涙目に映る彼に先程までの冷たさはなく、真剣な眼差しで流花を見つめている。そんな顔で見つめられたら、流花は顔を背《そむ》けることができなかった。

瞬《まばた》きもできないまま流花の目から一筋の涙が頬を伝った。

その涙を見て燿はフッと短く笑う。

「今ので俺には少し伝わった。だから……この件で泣くのは今日までにしろよ。変わるのは明日からでも遅くないだろ」

それだけ言うと燿はまた自分の席に戻った。

「俺の帰る準備が整うまでにその泣き顔なんとかしろよ」

「え？　え⁉」

突然何を言い出すのだと流花はまごつく。

だが、おろおろしているうちに燿の準備は整い、自分の指定鞄を肩にかけた。

「ほら、バスが来るからさっさと行くぞ」

そう言いながら燿はスタスタと歩いていき、流花がいるのに問答無用で教室の電気を消した。

「ま、待ってよ千倉君！」

流花は慌てて制服の袖で涙を拭き、自分の鞄を手に取って教室を出た。

この日を境に、流花と燿の放課後だけの奇妙な友人関係は始まったのだった。

「へー……いい奴なんだー」

流花の話を聞き終えた瞑はしみじみと頷く。しかし、普段とのギャップを感じるのも確かで流花の話を聞いても全然ピンと来なかった。

そんな瞑に向かって流花もおかしそうに笑う。

「私にはあんな感じなんだけど……本当は優しい人なんだよ」

その笑顔がとても嬉しそうだったので、瞑も釣られて笑みをこぼした。

◆◆◆

「っくしょん‼」

燿がバスを降りた途端、大きなくしゃみが出た。

「……なんだ？」

予期せぬくしゃみに燿は鼻をすする。ただでさえ部活での疲労がたまっているのに、さらに風邪をひいたとなってはたまったものではない。

かったるさを吹き飛ばすようにぐっと背中を伸ばす。

さっさと帰って、夕食まで寝ていよう。

その前に、喉が渇いたからコンビニで飲み物を買おう。

燿は大きな欠伸をしながら、近道をするのに麓与商店街へと足を踏み入れた。

陽の当たらない商店街は春なのにもかかわらず空気が冷たかった。

変わり果てたこの地が、昔は栄えていた商店街だったなんで誰が思うだろうか。中にはこの薄気味悪さから「霊寄《れいよ》商店街」なんて呼ぶ輩《やから》もいるから憐れなものである。

静まり返った商店街を燿は黙々と歩く。そこで電柱の下に転がっている花瓶を見つけた。転がる花はすっかり腐っており、水も濁っていた。

普段なら放っておく燿だが、どういう訳かその花瓶が気になって仕方がない。

「面倒くせえ」と思いながらも燿はしゃがみ、花瓶に手を伸ばす。

その時、身震いするほど背中に悪寒が走った。

こんなに総毛立つ思いなんてこれまでしたことがなかった。いつも平和的に日々を過ごしていた燿はこんな恐怖心なんて無縁だった。

今、ここには自分しかいない。

人の気配もしないし、そもそもこんな廃れた所に人は近づかない。

だが燿は感じてしまった。誰かが、自分の背後にいるということを。

「——を助けて……」

突然聞こえた女性の声に燿はハッと息を呑んだ。

しかしその声は耳元ではなく、彼の頭の中に直接響いた。勿論、そんなことは有り得ないことも燿は十分わかっている。

恐る恐る後ろに顔を向けるが、案の定そこには誰もいなかった。

胸を撫で下ろすように「ふぅ」と息を吐く。途端に胸が軽くなったので、今まで息を止めていたということに気づく。

だが、安心したのも束の間だった。

燿の背後から冷たい吐息を感じたのだ。背後には電柱と花瓶しかない。ならば、この吐息の主は一体誰だ？

その間にも息はどんどん荒くなる。

「私を殺したのは……お前か？」

後ろから女の声が聞こえる。先ほど脳内に響いた女の声なのに、抑揚《よくよう》もなければ生気も感じない。

慌てて声がしたほうに振り向く。そこで見た光景に燿は目を剥いた。

目の前に髪の長い女が立っている。その女はじとっとした虚ろな目で燿のことを見つめていた。肌は青白く、血色をまったく感じない。

女は一歩、また一歩と燿に近づく。

「な、なんだよ……」

自分でも驚くくらい燿の声が震えた。心臓が掴《つか》まれたように胸が苦しい。けれども、逃げ出そうにも金縛りにあったように指一本も動かせない。

「誰なんだよあんたは！」

燿がいくら声を荒らげても女は歩みをやめなかった。そして燿の目の前に来た時、彼女は目を見開いて不気味に笑った。

刹那。

女は燿の両肩を掴むと、彼の体に吸い込まれるように消えていった。

その瞬間、ズキンと燿の頭に激痛が走った。耐えられない痛みに燿は冷たいコンクリートに横たわる。

なんなんだよ……クソ。

いくら全身に力を入れても起き上がることすらできない。まるで全身に鉛玉でものっているかのようだ。そうしている間にも視界がぼやけ、燿の意識がどんどん遠退《とおの》いていく。

燿が目を閉じると、映画のような映像が流れ込んできた。

視点は、おそらくあの女だろう。

目の前にフードをかぶった男が立っていた。顔は見えないが大きなほくろがついた口元が不気味にニタついている。その右手には鋭利な包丁があった。

包丁を構える男に彼女の娘らしき少女は体を震わせて怯えていた。

それこそが彼の望んだ表情だった。

絶望する少女の顔を男は舐《な》めるように見下ろす。その視線ですら少女は耐えることができず、ついには泣き出した。

女の腕にしがみつきながら少女は泣き喚《わめ》く。

その顔で興奮の絶頂に達した男は、狂ったように笑いながら腕を振り下ろした。

背中に激痛が走ったのはまさしくその時だ。

女は娘を庇うように彼女を抱きしめていた。

刺された背中から生温かい血がドクドクと流れるのを感じる。痛みで声も上げられず、呼吸をするのも苦しい。飛び散った血液はコンクリートだけでなく少女の頬《ほお》にも付着している。

女の行動に男は驚いたようだが、すぐにニヤリとほくそ笑んだ。

男は少女の目の前で女の背中に包丁をどんどん突き刺していく。

何度も。何度も。何度も。

しかし、どんなに血が流れようとも、痛みが走ろうとも、彼女は少女を庇うのをやめなかった。

だが、このままでは少女は救えない。

女は最後にぎゅっと少女を強く抱きしめ、彼女の耳元で何か呟いた。

その声は燿には聞こえなかったが、少女は泣きながら首を横に振っていた。

拒む少女に向かって女は声を荒らげた。そして最後の力を振り絞って、彼女を自分から突き飛ばす。


突き飛ばされた少女はその勢いでコンクリートの上に転がった。

女がハッと顔を上げると、男が少女を見ていた。

男は女を蹴とばし、少女のほうへとゆっくり歩み寄る。

痛みを堪《こら》えながら、女はがむしゃらに男の足にしがみついた。

——早く行きなさい‼

女がそう叫ぶと少女は顔を歪め、泣き叫びながら全力で走り去った。

男も逃がすまいと駆け出そうとするが、女がそれを許さない。

そのしつこさに苛立った男はまた女の体に包丁を突き刺した。

それでも女は男を離そうとしなかった——致命傷となる、首を刺されるまでは。


燿は少女のことを知っていた。

クラスメイトの藤崎流花だ。

ということは、つまり——……。

「あんたは、藤崎の……」

だが、燿の声は誰にも届くこともなく、彼の意識は闇に溺れた。

◆◆◆

「柄沢君、そろそろ私も帰らないと……」

流花の言葉に瞑は戸惑いが隠せなかった。

「もう帰っちゃうの⁉」

一世には彼が帰ってくるまで流花にいてもらえと言われているのに、流花は遠慮がちだ。

「だって、だいぶ長居しちゃったもん。これ以上は流石に悪いよ」

「え、ええ……」

足止めしなければいけない。けれども、ここで「帰らないで」と言うのもこっぱずかしい！

その葛藤に瞑はぐしゃぐしゃと頭を掻く。

そんな彼の気も知らずに、流花は不思議そうに首を傾げる。

「じゃ、本当にそろそろ行くね」

そう言って立ち上がろうとした時、流花のスマホが鳴り出した。

「あ、お父さんかも」

流花は制服のポケットからスマホを取り出し、着信画面を見た。

「え？　燿君？」

想定外の発信者に流花は驚いた声をあげた。

「燿から電話？」

「う、うん……びっくりだよね。一体どうしたんだろ」

「なんか用事があるんじゃないの？　出なよ」

「うん……ちょっと待っててね」

流花は画面をタップし、スマホを耳に当てる。

「も、もしもし？」

上ずった声で電話に出ると、燿はいつにも増して淡々としていた。

「あの場所に一人で来てほしい。今すぐにだ」

「え？」

突然の要求に流花は思わず聞き返す。

「二年前のあの場所だ。君ならわかるだろ？」

「あの場所って……」

だが、流花の問いも虚しく電話はそこで切られた。こちらから電話をかけてみるが、コールが鳴るだけで電話に出ることはない。

青ざめた顔でスマホを下ろす流花に瞑はただならない様子を感じた。

「燿、なんだって？」

尋ねたところで流花は首を振る。

「燿君なんだけど……燿君じゃなかった」

「……どういうこと？」

さらに問いかけると、流花は声を震わせてゆっくりと語り出す。

「燿君……私のこと『君』って言ったの……でも、燿君は私のことを『君』なんて言わない。でも、確かに着信画面には燿君の名前が映っていたし、声も燿君だった」

千倉燿なのに、彼ではない。

そんな矛盾が流花を不安に苛《さいな》ます。

「燿の奴、どこにいるって言ってたの？」

「『二年前のあの場所』って……私一人で来いって言ってた。い、行かなきゃ」

流花は足を震わせながらも立ち上がる。

暝はそんな彼女を行かせまいと部屋の扉の前に立った。

「待ってよ流花。ここは俺が行く」

「でも、私が行かないと、燿君が……」

流花はうろたえるが、それでも立ち止まらなかった。

引き下がらない流花に暝は鬼気迫る表情でキッと睨みつける。

「罠かもしれないじゃん！　このままじゃ流花が危ないいんだよ！」

「私が行かなかったら燿君が危ないじゃない‼」

暝にかぶせるようにさらに流花が声を荒らげる。

普段大人しい彼女から出た大声に暝は驚いて目を見開いた。

怒声をあげた流花はそのあとすぐに俯いた。

「お願い柄沢君……行かせて」

潤んだ声で流花は暝に訴える。

お互い必死だった。暝が流花を守りたいように、流花も燿を守りたかった。

「本当に……大切な友達なの」

俯いた顔を上げた時、彼女の目には涙が溜まっていた。

そんな泣き顔を見せられても、暝だって退《ひ》けなかった。

「流花は俺を巻き込みたくないのかもしれないけどさ……ここで逃げたら俺も男が廃るんだよ」

真面目《まじめ》な表情で流花を見据えた後、暝はくるっと流花に背中を向けた。

「大丈夫だよ、流花」

そこにはいつものあっけらかんとした暝はいない。

「俺がなんとかするから」

それだけ言うと暝は勢いよく扉を開き、隣の部屋に駆け込んだ。

「兄ちゃん！」

部屋の扉を開けると悟が勉強椅子に座って愛読書の音楽雑誌を読んでいた。

「なんだよさっきからうるせえな……それに、客人が来てるなら声かけろよ」

しかめ面で悟は瞑に文句を垂らす。しかし、今の瞑には悟に構っている時間は残されていない。

「兄ちゃん、俺のあれ知らない？」

「あれってなんだよ……」

口にしたところで悟は思い出したのか、「ああ」と頷いた。

「物置で見た気がするが、それがなんだって——」

「わかった！　ありがと！」

悟の言葉を遮って瞑は彼の部屋を飛び出した。

駆け足で家の裏手にある物置へと向かう。

シャッターを開けて薄暗い物置の中を探る。

引っ越してきてから全然入っていなかったが、物置は綺麗に片づいていた。

「まさか、本当に使うことになるとはね……」

無意識に独り言をこぼしながら、瞑はくまなく辺りを探す。

探し物は倉庫の奥に立てかけられていた。それを手にした瞑は慌てて物置を飛び出た。

しかし、境内に出た時、瞑は思わず足を止めた。家の敷地から出て行く人影を見たからだ。

……まさか。

胸騒ぎに瞑はその人影を追う。

走って境内を出ると、流花がバス停に向かって走っているのが見えた。

流花の前にはバスが来ており、乗客が乗り降りしている。

「流花‼」

瞑は彼女を呼び止めたが、流花は振り向かなかった。そして最後の乗客となって、バスへ乗り込んだ。

――バスの扉が閉まる。

「おい、待てよ‼」

瞑の叫び声も虚しく、バスは非情にも彼を置いて発車する。

バスの車窓から後ろめたさを感じているような暗い顔をした流花と目が合った。

……ごめんね。

窓から見下ろす流花の口は、確かにそう告げた。

瞑はギリッと歯を食いしばるだけで、ただ去り行くバスを見つめることしかできなかった。

「くっそー‼」

バスの後ろ姿に瞑は吼える。

こんなことなら、燿と流花の連絡先を交換するべきだったと、八方塞がりの瞑はそんな後悔をしながら頭を掻きむしった。

◆　◆　◆

バスに揺られながら、流花は無言で流れる景色を見つめていた。

瞑の制止を聞かなかった罪悪感に苛まれながらも、流花は一人覚悟を決めていた。

二年前のあの場所。

他の誰もがわからなくても、流花だけは見当がついていた。

自分の運命の分岐点となった、あの麓与商店街だ。

思い違いなら、それでいい。ただ今は、燿の無事な姿を彼女は見届けたかった。

スマホケースに挟んだＩＣカードを運賃箱の読み取り部にかざす。

バスを降りると空には厚い雲が広がっていた。まだ明るい時間帯なのにこの辺りに人気《ひとけ》はない。

冷たい風が彼女を麓与商店街へと誘うように吹き抜ける。

目を閉じ、深呼吸をして高鳴る心音を無理矢理鎮める。そして気持ちに落ち着きを取り戻した時、ついに彼女は商店街に足を踏み入れた。

その様子を、物陰でとある男が見ていることも知らずに。


静まり返った麓与商店街を流花はひたすら歩いて行く。

燿はここで待つと言っていたが、今のところ人の気配を感じない。

さらに奥へと進む。

通りの半ばまで来た時、流花の歩みはピタッと止まった。

「……誰ですか？」

ゆっくりと振り向くと電柱から黒い影が蠢いた。その影は燿ではない。白いマスクをした見知らぬ男がゆらりと流花の前に姿を現した。

「……久しぶりだね、藤崎さん」

男に名前を呼ばれるが、流花はこんなみすぼらしい男のことを知らなかった。髪はぼさぼさに伸びており、眠れていないのか目の下は隈のせいで青黒い。

「ああ、そうか……前に会った時はマスクをしていなかったもんね」

男はケタケタと不気味に笑いながら、そっとマスクに手をかけた。

「なら、これで思い出してくれるかな」

男はマスクを取り、服についたフードをかぶる。

マスクを取ったことで露《あら》わになった口元の大きなほくろに流花は言葉を失った。

これまで必死に忘れようとした。だが、決して忘れることができなかった。自分の中で封印していた犯人の姿……それが自分の目の前にいる男と重なり合う。

驚きを隠せない流花に男はニヤリと笑う。

「嬉しいなあ、思い出してくれたんだね。まあ、忘れる訳ないか。自分の母親を殺した男の顔なんて……ねえ?」

ほくそ笑む男を流花はじっと睨み返した。そんな流花の威嚇も男には可愛く見えたようで、怯むどころか大笑いした。

静かな通りに男の耳障りな笑い声が響き渡る。その尖った声に流花は不快に感じ眉をひそめた。

だが、男は両手を広げて空を仰いだと思ったらピタッと笑うのをやめた。そしてそのまだらんと両腕を下げ、糸が切れたようにガクッと項垂れる。

「本当に……会いたかったんだ……」

その低い声が流花の背筋に悪寒を走らせる。

「僕も君のことが忘れられなかったんだよ。それがこんな所でまた会えるなんて、運命かな?」

そんなこと、流花は望んでいない。

そう思いながらも、流花は口を閉じたまま男の様子を窺っていた。

空に浮かぶ厚い雲は太陽を覆い隠し、さらに辺りを薄暗くさせる。

こんな薄暗いのにもかかわらず、男の右手に鋭利なバタフライナイフがきらりと光ったのが見えた。

「君のお母さんは凄いね。僕の姿を見て逃げなかったのは彼女だけだ」

男の言葉で流花の脳裏にあの日のことが甦《よみがえ》った。震えながらも自分を必死に庇ってくれた奈古の顔が今でも鮮明に思い出され、流花のこめかみがズキンと痛む。

苦しげな表情をする流花を見て、男は嬉しそうに口角を上げる。

「でも、彼女のせいで僕は君を傷つけられなかった。君だけだよ、僕が狙った獲物で無事に逃げられたの」

口角を上げたまま男は目を大きく見開く。その目は流花を捕らえており、ゆっくり、ゆっくりと彼女に歩み寄る。

「あれからまた女を狙ってみたんだけど……どうも上手くいかなくてさ。スランプって奴だよ。本当に困っちゃうね」

近づく男はふらふらとしながらもナイフの切っ先をしっかりと流花に向けていた。

「だから、君を傷つけられれば……僕もこのスランプから抜け出せるんじゃないかと思ったんだ」

ペラペラと語る男の言葉に流花はもう耳を傾けなかった。俯き、胸元に持ってきた両手をぎゅっと握り、ひたすら気持ちを静める。

「さあ、二年前の続きをしよう」

男の声が流花の頭上に降ってくる。

「僕を楽しませてくれよ、藤崎さん」

流花が顔を上げると、男はうすら笑いを浮かべながらナイフを振りかざした。

その派手なモーションを、流花は見逃さなかった。

「……え？」

突然の流花の表情の変化に男の動きが止まる。その瞬間、流花が腕を振り上げ、そのまま男の鼻を目がけ力の限り殴った。

バキッ！と痛々しい音が鳴り、その痛恨の一撃に男は小さく唸った。

鼻を押さえたまま男はよろける。怯んだ男の隙を見て、流花は足を振り上げ、男の腹部に蹴りを食らわせた。

「ぐあ……」

流花の蹴りは男の鳩尾《みぞおち》に直撃していた。その激痛で男は立っていられなくなり、その場で蹲《うずくま》る。

「な……なんだと……」

　今にも消え入りそうな声で男は呟く。流花のような大人しそうな女子高生がナイフを持った男に果敢に立ち向かうなんて、それも鼻や鳩尾という人体の急所に迷いなく攻撃を食らわしてくるなんて、男は想像していなかったのだろう。

　腹部を押さえながらも、男はギロリと流花を睨みつける。

　そんな彼を流花は目尻を吊り上げて見下ろしていた。

「この二年間……私が何もしてこなかったと思ったんですか？」

　それだけ言い残すと、流花は一目散に走り出した。

　走りながらもスマホを片手に警察へ電話をかける。だが、コール音すら鳴らず、うんともすんとも言わない。ふと画面を見ると圏外だった。

　こんな時に故障かと焦る流花だが、この通りを抜ければ通行人がいるはずだ。二年前だって、そうして助けを呼んだのだ。

　もう少し。もう少し。

　そう思いながら走っても、流花が窮地に追い込まれていることは変わりない。

　まず、履いていた靴が悪かった。制服に合わせて履いたローファーは走るには向いておらず、あまりスピードを出すことができなかった。

　それともう一つ、いくら人体の急所を打ったとしても所詮流花はか弱い少女。そんな力で成人男性がいつまでも蹲っているはずがない。

「待てこのクソガキ！」

流花が振り向いた時、怒りを露わにした男が鬼のような目つきで彼女を追いかけていた。その怒気を含んだ声からもひしひしと彼の殺気を感じる。

だが、この振り向きこそが流花の間違いだった。足がもつれ、その勢いのまま流花は派手に転んだ。

転んだ拍子で片方のローファーが派手に吹っ飛ぶ。

コンクリートに擦れた足からはだらだらと血が流れていた。血を止めようと足を押さえる流花だが、血も痛みもやむことはない。痛みのせいで立ち上がることもできず、流花は足を掴んだまま動けないでいた。

逃げなきゃ。逃げなきゃ。

しかし、焦る気持ちが募るだけで、動けない流花に男の足音がどんどん近づいてくる。

「あーあ、そんなことになっちゃって」

背後から男の低い声が聞こえる。

振り向くと男が腹部を擦りながら流花を見下ろしていた。流花が殴った鼻は真っ赤になっており、鼻血が出たのか拭われた跡があった。

「まったく、無駄な体力を使わせてさ」

口元は笑っているが、目は笑っていない。男の煮えたぎった憤りが流花に十分すぎるほど伝わる。

「大丈夫、そんな痛みもなくなるくらい一瞬で終わらせてあげるからさ」

そう言いながら男はナイフを振りかざす。

絶体絶命。

ひっくり返しようもないこの状況に、流花は悔しくて下唇を噛んだ。

「残念だね。せっかくお母さんが助けてくれたのに、結局君はここで死ぬんだ」

ケラケラと笑いながら、男はついにナイフを流花の頭上に振り下ろした。

流花は恐怖のあまり力強く目を閉じた。しかし、痛みは一向に感じない。てっきり刺されたと思ったのだが、そんな感覚はなかった。

恐る恐る流花が目を開けると、男は彼女にナイフを突き刺す直前で固まっていた。

ナイフを持った手がガクガクと震えている。顔面も蒼白で、呼吸が荒い。あれだけ男のほうが優勢だったのに、男のほうが窮地に立たされているように見える。

カラカラカラ……。

背後から何かを引きずる音が聞こえる。

その不気味な音に男も流花も顔を向けると、俯いた短髪の男子高校生が歩いていた。

「私を殺したのは……お前だな」

殺気を帯《お》びたその険しい声に二人とも息を呑んだ。

「……燿君？」

ぽつりと流花は彼の名前を呼ぶ。だが、彼は何も言わずゆっくりと顔を上げた。

そこにいたのは間違いなく燿だった。ただし、普段の彼とは違い目は真っ赤に充血していた。肌も血が抜けたように青白い。その手には片手で握れるほどの細い鉄パイプがあり、じとっとした目で男を凝視する。

春とは思えない冷たい風が吹き抜け、彼の短い前髪を靡かせる。

燿はゆっくりと鉄パイプを構えて、じっと男を見つめた。ただ構えているだけなのに、鳥肌が立つくらいの気迫を感じる。

その圧力に男は耐えられず、わなわなと戦慄《せんりつ》していた。

恐怖に慄く男に構うことなく、燿は徐々に男に近づいていく。

「燿君？　ねえ、燿君ってば！」

流花は声を震わせながらも必死に彼の名を呼んだ。

千倉燿なのだけれども、彼ではない。

そんな矛盾が流花の脳内でぐるぐると巡る。

姿は確かに燿だ。けれども燿から放たれるこの邪《よこしま》なオーラがこの世のものとは思えず、流花は怖くて仕方がなかった。

恐怖しているのは男も同じで、男は歯をガチガチとさせながら持っていたナイフを振り回した。

「来るな！　来るな‼」

闇雲にナイフを振り回す男の前でも燿は決してたじろがなかった。

ぎゅっと鉄パイプを握り直し、ナイフの動きを静観する。

そしてカッと燿の目が見開いたと思った途端、男のナイフはくるくると宙を舞った。

「いっ！」

男は顔をしかめて右手を押さえる。男には何が起こったのかわかっていないようだが、流花にはちゃんと見えていた。燿が男の手に鉄パイプを振り下ろし、ナイフを飛ばしたのだ。

宙を舞ったナイフはカランと音をたてて落ち、コンクリートの上を転がった。

丸腰になった男は耐え切れずその場でがっくりと腰を下ろした。

「な、なんなんだ、お前は……」

燿を見つめる男の目には涙が溜まっており、情けないくらい声も震えていた。けれども燿はためらうことなく鉄パイプを彼の腹部に向けて振った。

その無駄のないモーションと鉄パイプの重みを感じさせないパワーに男は驚愕した。

燿の打撃に男はたまらず胃液を吐いた。その場で転がる男に向け、今度は肩に向かって鉄パイプを振り下ろす。その鈍痛に男は声をあげるが、燿の眼差しは相変わらず冷たい。

「お、お前は一体……」

男は信じられないとでもいうかのように目を見開いて燿を見上げる。

突然現れたと思ったらこの強さだ。こんなどこにでもいるような男子高校生なのに、どう見たって闘い慣れている。

しかし、流花は燿のこの強さの理由を知っていた。

剣道部所属。先鋒、千倉燿。

鉄パイプを竹刀《しない》に見立てたこの戦法は、彼の力を一番発揮できるスタイルだった。

燿は何度も何度も鉄パイプで男の背部を強打した。そのたびに男は短い悲鳴をあげ、コンクリートの上でのたうち回った。痛みで悶える男だが燿が打つ場所は上手い具合に男の急所を避けている。まるで男が苦しんでいるのを観察しているみたいだ。

やがて男は仰向けになって動かなくなった。ヒューヒューと喘鳴《ぜんめい》がするだけで、悲鳴をあげる力すら奪われていた。

燿は男の上に乗り、鉄パイプを男の顔面に向けて構えた。このまま男の顔面に鉄パイプを突き刺すことなど、容易に想像できた。

向けられた切っ先には男への殺意が込められている。だが、目を逸《そ》らしたくても死の恐怖心で男は瞬きすらできていないようだった。

「た、助けて……」

消え入りそうな声で男は燿に訴える。それは今まで男が聞く耳も持たなかったであろう言葉だ。

けれども、男の訴えも虚しく、燿の眼差しは嘲《あざけ》るように冷酷だった。

そして、そのまま躊躇なく男に向かって鉄パイプを突き刺す――……。

「やめて燿君!!」

流花は絶望を感じながらも、彼を止めようと絶叫した。

それに混ざって男の醜い悲鳴がこの寂れたシャッター街に響き渡った。

その金切り声に流花は堪えられず、耳を塞いで小さく蹲った。

それから時が止まったように、辺りに静粛が戻った。

違和感のある静けさに流花は恐る恐る顔を上げる。

その光景に流花も、男でさえも呆然とした。

燿は冷め切った目つきなのにもかかわらず、鉄パイプを男の顔面に当たる寸前で止めていた。

やがて興ざめだと言わんばかりに燿は鉄パイプを道端に投げ捨てる。

「……消えなさい」

燿は男を見下ろしたままそう告げる。しかし、その声にはまだ禍々《まがまが》しい殺気を感じた。

男は痛む肩を押さえながら、涙目で素早く立ち上がった。

情けない悲鳴をあげ、男は背中を丸めて尻尾を巻いて逃げていく。

「燿君……？」

静かに空を仰ぐ燿に流花は戸惑いながらも名前を呼ぶ。

そんな困惑する流花に燿は徐に顔を向けた。

その表情は先ほどまでの冷めきったものとは打って変わって、穏やかな表情だった。

「流花」

燿の声が突然女性のものになる。

その懐《なつ》かしい声に流花はハッと息が止まった。

「……お母さん？」

そう言うと燿は笑窪を作ってにっこりと微笑んだ。この笑い方をする人物を、流花は一人しか知らない。

「本当にお母さんなの？」

確かめるように再度尋ねると、燿……もとい奈古は目を細めて頷いた。

「つらい思いをさせてごめんね、流花」

奈古は申し訳なさそうに眉尻を下げながら、両腕を広げた。

流花は足の痛みも忘れて立ち上がり、奈古の胸の中に飛び込んだ。

奈古の胸に飛び込んだ瞬間、ふわりと懐かしい香りがした。

姿は燿だが、もう流花には奈古にしか見えなかった。

「お母さん……ごめんなさい、お母さん」

流花は奈古の背中に腕を回し、彼女の胸の中で泣いた。

これが夢なら、どんなに幸せだろうか。目の前に亡き母親がいる。ずっと会いたかった母親がいる。

「ごめんなさい……ごめんなさい……」

ずっと言いたかった言葉を流花は何度も何度も繰り返した。そのたびに奈古は首を振り、泣きじゃくる流花をなだめるようにそっと頭を撫でた。これ以上流花が悲しまないように。傷つかないように。そんな彼女の愛情を流花は感じていた。

「大丈夫よ、流花。これからはお母さんがそばにいるから」

そう言って奈古は細い流花の体を力強く抱きしめた。

「だから、一緒に逝きましょう」

穏やかに言うその言葉に流花は目を瞠《みは》った。

その時、流花の首に激痛と圧迫感が同時に襲いかかった。

何が起こったのかわからないうちに流花の体がふわりと浮く。

「……え？」

未だに訳がわからない流花は涙目のまま奈古を見つめた。

今の奈古は先ほどまでの温厚な姿ではない。らんらんとした目でニタニタと笑いながら流花の首を絞め上げる。

自分の手の中でもがき苦しむ流花を見て、奈古は高らかに笑う。

「逝くのよ、流花。お母さんと一緒に逝くの。今度こそはもう離さない。悲しい思いも淋しい思いもさせない。このままずっとお母さんと一緒よ！」

奈古のケタケタと狂気に満ちた笑い声が流花の鼓膜を震わせる。

しかし、その声もどんどん遠くなり、流花の意識も朦朧《もうろう》としてきた。

混濁する意識の中で、流花は密かに決断していた。

本当に奈古が自分の死を望むなら、このまま彼女に殺されてもいい。自分が死ぬことで奈古の気持ちが和《やわ》らぐのなら……救えるのなら、それでいい。

だから流花は抗うことなく、だらんと力なく腕を垂らした。

薄れゆく意識の中で、流花の脳裏に二人の姿が思い浮かんだ。

ぶっきらぼうで、それでいて心優しい燿と、出会って日が浅いとは思えないくらい親しくしてくれて、元気で明るい暝。

いつも自分のそばにいてくれる、かけがえのない二人の友人。

ありがとう、燿君。

そして、ごめんね……柄沢君。

そんな言葉が二人に届くはずもなく、流花の涙が奈古の手にこぼれ落ちた。

その時、あれだけ絞めていた奈古の力が突然緩んだ。

急に酸素が肺に入り、流花は大きく咽《む》せる。

涙目で奈古の顔を見ると、彼女は苦しそうに表情を歪め、ギリッと奥歯を噛みしめていた。

「なぜだ……確かに私が操っているはずなのに」

それだけ呟くと奈古はがくんと項垂れた。

徐々に奈古の握力が弱まっていく。

宙に浮いたままどうしようもできずにいると、やがて奈古が静かに口を開いた。

「てめえ……俺の体を使って何してるんだよ」

その声に流花は仰天した。

この声は奈古の声ではない。低く、怒りを含んだドスの効いたその声はまさしく少年。

彼は徐に顔を上げる。その目は赤々とした充血したものでなく、迷いのない凛とした眼差しであった。

そこにいるのは狂気的な笑みを浮かべていた奈古ではない。

眉間にしわを寄せ、それでも生気に満ち溢れた千倉燿の姿だった。

「燿……君？」

目を凝らしながら流花は彼の名を呼ぶ。

燿は返事もせずにギロリと流花を睨み、大きく吼えた。

「お前も少しは抵抗しろよ！　死にたいのか‼」

燿は流花の首を絞めている手を必死に剥がそうとしていた。だが、少しでも気が緩めば再び奈古に自分の体を乗っ取られてしまうのか、苦しそうに顔を歪める。

「消えろ消えろうるせえなあ……」

燿がイラついたように呟く。その間も燿の手は力が抜けたり入ったりと変化が激しい。意識下で燿が奈古と闘っているのだろう。

しかし、奈古の力が強すぎるようで燿の体は痙攣《けいれん》するようにがくがくと震え出した。燿の意識も朦朧としているのか、体もふらついている。

「畜生《ちくしょう》……」

燿の噛みしめた唇から声が漏れる。だが、強がっているのは言葉だけで燿の目はほとんど開いていなかった。

「あー……もう面倒臭えや」

舌打ち交じりで燿がこぼす。その途端、力を振り絞るように彼の目が大きく見開かれた。

「これ以上……好きにはさせるかよ」

燿は腹の底から息を吸い込み、そして叫んだ。

「歯ぁ食いしばれ藤崎ぃぃぃ‼」

その怒号と共に流花は体を燿に振り下ろされるように思い切り投げつけられた。

流花は悲鳴をあげる暇もなく落下し、その勢いのままふっ飛ばされてコンクリートの上を転がった。

蹲りながら流花は何度も咳をする。咳は止まらなくて苦しいし、コンクリートに打ちつけられて全身が痛む。けれども、流花は確かに生きていた。

解放された流花に燿は安堵する。だがその隙を奈古に突かれたのか、燿がハッと息を呑んだ。

頭を抱えながらも燿は流花と距離を置くように退く。だが、やがて力尽きたようにガクッとその場で跪《ひざまず》いた。

「クソ野郎……」

燿の悔しそうに言い捨てた声に横たわっていた流花はうっすらと目を開けた。

「燿君？」

俯いたまま動かない燿に流花はおずおずと声をかける。すると燿は頭を抱えた腕を下ろし、徐に前を向いた。

「……手間をかけさせるわね」

そう言ってゆっくりと立ち上がった燿の声は、もう奈古のものになっていた。

「完全に取り憑いてもなお自我を取り戻すなんて……想定外だったわ」

奈古は息をついて燿の短い前髪を掻き上げる。

「でも安心して。この子もすぐに流花の後を追わせるから。それなら、流花も淋しくないでしょう?」

奈古は目を細めて笑うが、流花には冗談には聞こえなかった。彼女は本気で燿の命も刈り取るつもりだ。

闘いたくても全身が痛んで立ち上がることができない。立ち上がることができても、この足では歩くのもままならない。

燿が力を振り絞って流花を助けてくれても、結局はこの状況を打破できなかった。

ここまで、かな。

流花は痛む腕を押さえながら、諦めて小さく笑った。

だが――……。

「そうはさせないけどね」

突然声と共に人影が流花と奈古の間にゆらりと割り込んだ。

「あなた……」

いきなり現れた第三者に奈古は顔をしかめた。

流花はゆっくりと体を起こし上げ、現れた人影をじっと見つめる。

服の袖から出る白くて華奢な腕。そして冷たい風に揺れる赤毛の髪。

「柄沢君……？」

来るはずのない友人が、今こうして流花の目の前にいる。

「ごめん流花。遅れた」

振り向いた瞑はニッと歯を見せて笑う。

「なんでここに……どうやってこの場所がわかったの？」

流花は瞑がここまでたどり着けたことが信じられなかった。

流花が瞑に言ったのは「二年前のあの場所」ということだけ。ニュースでは殺害現場までは報道していないし、そもそも引っ越したばかりで土地勘のない瞑がここまで来られるはずがない。

そう思ったから流花はここまで一人で来たのだ。それなのに瞑は彼女のもとにたどり着いた。

「そんなの、決まってるじゃん」

流花の疑問に瞑はあっけらかんと言い切った。

その一言に流花は呆然としてしまい、それ以上何も言えなかった。

「勘」

彼らが会話をしている最中も奈古は暝のことを警戒していた。暝の左手に一メートルにも満たない小弓があったからだ。それに、持っているのは弓だけで肝心の矢はない。

警戒はしているが、有利なのは自分のほうだと奈古は確信していた。なんせ、自分は彼の友人である千倉燿の体を乗っ取っている。この状態だと物理的なダメージはすべて燿に行く。彼が簡単に燿に攻撃できるはずがない。

「そんな矢もない小さな弓で、どうやって私と闘うの？」

ニヤリと奈古は不敵な笑みを浮かべる。

それでも暝は至って冷静だった。

「まあ、見てなって」

暝は持っていた弓を奈古に向ける。やはりその手には矢はない。

しかし、暝が弓を引いた時、流花も奈古も一驚《いっきょう》した。弓を引いただけなのに、そこに光の矢が突然現れたからだ。

光の鏃《やじり》が奈古を狙う。その鏃を向けられるだけでびりびりと波動を感じた。

「な、なんなの、その矢は……」

奈古は恐れ慄きながら逃げるように瞑から退く。

けれども瞑は彼女を逃しはしない。構えた弓を奈古目がけて迷いなく放つ。

光の矢は勢いよく奈古へ飛んでいく。そのスピードに奈古は背を向けることすらもできなかった。

奈古が抵抗する暇もなく、光の矢は彼女の胸元を打ち抜く。すると燿の体から、蝶が脱皮するかのように奈古の魂が引き剥がされた。

奈古の魂が抜かれた燿はゆっくりと膝《ひざ》から崩れ落ち、冷たいコンクリートの上に横たわった。

「燿君⁉」

倒れ込む燿に流花は足を引きずりながらも慌てて彼に近づく。

流花は燿の体を仰向けに起こすが、燿は目を閉じたままピクリとも動かなかった。しかし、意識がないだけで息はある。生きているとわかると流花は急に安心してしまい、全身の力が抜けた。

そのまま流花は俯き、眠る燿を見つめる。いや、正しくは現れた奈古の魂を直視しないように彼を見つめていた。

変わり果てた奈古の姿を見ていられなかった。一切血が通っていないような青白い肌に破れた服から見える無数の刺し傷。そしてすべてを恨むような生気のない鋭い眼差し。もう生前の穏やかで心優しい母親の姿はない。

「一体……何をやったの」

奈古は胸を押さえながらギリッと歯を食いしばって瞑から大きく離れる。

具現化した奈古の憎悪は黒い靄となって彼女に纏わりついていた。その靄はどんどん大きくなり、彼女の体を包み込む。

こんな殺気と憎悪にまみれた彼女を目の前にしても、瞑は動揺一つしなかった。

「――鳴弦《めいげん》って知ってる？」

「鳴弦……？」

鳴弦については奈古も知っていた。弦を放つ時の音により邪気を祓うものだ。しかし、それは一般的な鳴弦であって、あんな光の矢は出てこない。

「それがあなたの力ってことね、柄沢瞑」

除霊能力がある瞑だからこそ、弓を引くだけであの光の矢が現れる。彼の力が籠っている光の矢に射貫かれると先ほどのように取り憑いた体から強制的に魂が引き剥がされる。

睨みつける奈古に瞑はニッと歯を見せ笑う。

「さ、覚悟しろよ。俺は……あんたと闘える」

余裕綽々《しゃくしゃく》の笑みを浮かべながら瞑はもう一度弓を構えた。

光の矢が奈古を狙う。魂だけの奈古があの光に打ち抜かれたら、今度こそ奈古は消滅してしまう。

「やめて！」

耳をつんざく奈古の絶叫に瞑はビクッと肩を竦ませた。

「やめてやめてやめてやめて」

狂ったように奈古は同じ言葉を繰り返して叫んだ。

「逝きたくない！　逝きたくないの‼」

彼女の甲高い金切り声が彼らの鼓膜を震わせる。

耳を塞ぎたくなるほどの苦痛な叫びに、瞑も流花も顔を歪めた。

これこそが奈古の本音だった。

彼女はどこへも逝きたくなかった。天国にも、地獄にも。できることならこの世に留《とど》まって、残してきた家族のことをいつまでも見守りたかった。その思いが、ここまで彼女を闇に堕としたというのに。

「嫌だ嫌だ嫌だ」

奈古の言葉と共に彼女の黒い靄がどんどん大きくなっていく。

その靄が大きくなっていくにつれ、奈古の顔にも変化が現れた。口元が裂けていき、八重歯が伸びて鋭い牙へと変わっていく。これはもう悪霊ですらない。彼女はもう、化け物だ。

彼女をここまで闇に堕とした未練は一つだけ。

「流花だけでも——連れていく」

奈古は剥き出しになった牙を見せ、ニヤリと笑った。

「逃げて流花！」

瞑が構えていた光の矢を放つ。

だが奈古は腰を低くして光の矢を避《よ》けた。光の矢も、当たらなければ効力はない。そのことに奈古は気づいていた。

奈古はその低い姿勢のまま流花のもとへと駆け出した。

飛ぶような速さで一気に流花に詰め寄る。裂けた奈古の口はがっぽりと大きく開き、流花の頭部に食らいつこうとする。

それでも流花は一切逃げようとしなかった。迫りくる奈古に怯えもせず、瞬きもせずにじっと奈古を見つめる。その眼差しはとても哀れで愁いを帯びていた。

けれども、あれだけ勢いのあった奈古の動きがピタリと止まった。

目の前にいた流花にですら何が起こったかわからないほど一瞬の出来事だった。

奈古がかぶりつこうとした瞬間、彼女の首に風穴が開いたのだ。

瞑を見ると彼は再び弓を構えていた。ただし、それはもう矢を放った後で、彼はゆっくりと腕を下ろしつつあるところだった。

奈古に纏わりついていた黒い靄が光となって徐々に消えていく。しかし、消滅するかと思った彼女の体はまだ留まっていた。

「……お母さん？」

流花が目を剥いたまま奈古を呼ぶ。

あれだけ奈古を支配していた殺意も憎悪も射貫かれた途端に瞬時に消えた。両手も先ほどまでの青白いものではなく、生前の透明感のある真っ白な肌に戻っていた。

この変貌に一番驚いたのは奈古だった。

一体何が起こったのかもわからず、奈古は瞑のほうを見る。

「……あなたの邪気だけを祓ったんだ」

瞑は落ち着いた声で彼女に告げる。

「あなたがずっと淋しかったこと、俺も知ってるんだ」

瞑は悲しそうに眉尻を垂らしながらそっと灰色の空を仰いだ。

「一週間前かな……俺、この通りを通った後で母さんのことを思い出して涙が止まらなくなってさ……多分、あなたの思念がここに残っていて、俺に夢も視せてきたんだろうね」

この二年間、奈古はずっとこの場所に囚われていた。こんな人通りのない通りで、たった一人で。いくらここで喚いたって彼女の嘆きも淋しさも恨みでさえも誰にも届かない。

ただ、彼女の悲しい思念だけがここに留まっていた。

その思いに気づいたのが、瞑だった。

「だから、俺はあなたを救いたいと思った」

鳴弦の力により、奈古の邪気は祓われた。邪気はいわばこの世に留まる未練だ。それがなくなった今、もう奈古の魂が闇に蝕まれることはない。

彼女は解放されたのだ。

ただし——……。

「……もう、お別れだ」

瞑によって告げられた悲しい現実に流花は言葉を失った。

今、邪気がなくなった奈古がこの世に留まれる術はない。このまま彼女の魂は浄化され、そして天に帰っていく。

「お別れ……ね」

奈古は視線を落とした後、淋しそうに笑った。

流花と別れるなんて一番望んでいないことだったのに、今はすべてを受け入れることができた。これこそがこの世に未練がないという証拠でもあった。

奈古の体が静かに輝き出す。

「……ありがとう、柄沢君」

白い光に包まれながら奈古はスッと目を細めた。その笑顔はとても穏やかで、それでいてとても儚い。

「お母さん」

流花はふらふらになりながらも立ち上がり、光の粒子になる奈古に向けて手を伸ばす。

奈古は流花の思いに応えるようにその手を取り、そっと自分の頬に持っていった。

奈古の頬に触れるととても冷たかった。しかし、その体温とは裏腹に奈古の笑顔はこんなにも温かい。

「ごめんね、流花」

奈古は流花の手を握る。それが合図のように奈古の体の光が増し、徐々に透明になっていった。

奈古の眩しい笑顔が流花の涙で滲む。

消えゆく彼女に言いたいことがたくさんあるのに、口にしようとすると涙が止まらなくなってしまう。そうしている間にも奈古の魂は光の粒子となっていく。

もう奈古に残された時間も僅《わず》かだ。

「流花」

消える直前、奈古は笑窪を作って目を細めて笑った。そして握っていた流花の手を引き、彼女の体をぎゅっと抱きしめる。

「……大好き」

その優しい言葉に流花はくしゃっと顔を歪めた。

「私もだよ、お母さん」

流花が奈古の腰に腕を回した時、奈古の体が急激に光り出し、そして消えていった。

奈古の温もりが流花の腕の中で消えていく。その代わりに、無数の光の粒子がまっすぐ空へと昇っていく。

昇りゆく光に流花は腕を伸ばしたが、光は掴めず、そのまま彼女の手から消えていった。

そっと腕を下ろした流花はその場で座り込んだ。

流花は両手で顔を覆い、俯いたまま肩を震わせて涙を流す。

暝はそんな流花の姿を直視できず、彼女から顔を背けて俯いた。

「……柄沢君」

震えた声で尋ねてきた流花に、暝は背を向けたまま「ん？」と短く返事をする。

「お母さん……ちゃんと天国に行けたかな」

その問いを聞いて、一世の穏やかな声が暝の脳裏に響く。


——私が言うのも、おかしいですけどね。

暝はその日のことを思い出して遠い目をするが、やがて小さく笑った。

「行けたって言いたいけどさ……本当は、天国も地獄もないんじゃないかって思うんだ。前に父さんに聞いたんだ。天国も地獄も、作ったのは神様でも仏様でもなくて人間なんじゃないかって。多分、死んでからの居場所がほしかったから、そんな理想郷を作ったんじゃないかなって」

思えば、あの時、暝も今の流花と似たようなことを聞いて、一世を悩ませた。

だから自分と同じ答えを聞いた流花の疑問も、当時の暝と同じものになるのは必然だった。

「なら、お母さんはどこへ行ったの？」

やっぱり、と暝は笑いながら流花のほうへ振り向く。

「……どこにも行ってないよ」

暝の柔らかく、優しい微笑みに流花はきょとんとする。

「流花、目をつぶって」

暝に言われるがままに流花は目を閉じる。

「お母さんのことを思い出して」

流花の瞼の裏で奈古が穏やかな笑顔を浮かべている。その奈古は流花がずっと胸に抱いていた生前の奈古の姿だ。

小さく頷いた流花を見て、暝は静かに告げる。

「ほら、そこにいた」

その言葉に流花は思わずハッと目を見開いた。

いる。

こんなに近くに奈古がいる。天国なんて遠い所ではない。流花が彼女のことを思うたびに、こうして藤崎奈古は甦る。

「うん――天国になんか、行ってない」

流花は空を仰ぎ、頬を綻《ほころ》ばせた。細めた目からは大粒の涙がこぼれ落ちる。拭っても拭ってもこぼれる涙は止まらなかった。その涙はやがて嗚咽《おえつ》となり、流花は声を震わせて泣いた。

俯いて泣いていると、流花の肩がポンっと叩かれた。

顔を上げると、横にいたはずの瞑が彼女の正面に座り込んでいた。瞑はやる瀬なさに胸を痛めていたが、彼女を慰《なぐさ》めようと腕を伸ばしたのだった。

彼の行動に流花は驚いたが、すぐににっこりと笑った。

「……ありがとう、柄沢君」

流花はコツンと瞑の胸に額を当てた。瞑はドキッと肩を竦ませたが、やがてぎこちない動きでそっと流花の背中に腕を回した。

流花は瞑の胸の中で、声を押し殺して泣いた。

瞑はそんなすすり泣く流花をあやすように、そっと彼女の背中を優しく撫でていた。
あれだけ空を覆っていた雲は風に流され、橙色の夕陽が光射す。
空から降り注ぐ夕陽は、そんな二人を優しく照らしていた。

四　折り鶴、空を飛ぶ

最近、こんなことばかりな気がする。

「おっせえ……」

悟はイライラしながら車の運転席で瞑の帰りを待っていた。

弓を探しに物置へ行ったと思ったら今度は「車を出して！」だ。兄をこき使うだなんていい度胸だと感じたが、瞑があまりにも必死に請うものだから悟も断れなかった。

しかし、どこへ行くか訊いても瞑は即答しなかった。というより、彼自身もどこに行けばいいのかわからないようだった。

瞑は「今調べるから」とスマホを弄るが、いくら待っても目的地が定まらない。そして、最終的に「わかんねぇ！」と音をあげた。

「もういいや。勘で行く」

そんなことを言われた時は「大丈夫かこいつ……」と心配になった悟だが、瞑に言われるがままに車を走らせると寂れた商店街に着いた。

商店街の入り口に車を停めた後、瞑は「ここで待ってて」と急いで商店街の中に入って行った。それからかれこれ一時間は経過している。

駐車禁止でないとはいえ、路上駐車だから車から離れることもできないし、瞑に連絡をしても一向に出ない。

「あの野郎……置いていくぞ」

悟がぐしゃぐしゃに頭を掻いた時、ようやく瞑が帰ってきた。

一発文句を言おうとしたが、想定外の光景に悟は何も言えなかった。瞑は意識のない見知らぬ男子高校生を背負っているし、隣には瞑の弓を持ち、足を引きずって歩く女子高校生がいた。

悟は慌てて車を降り、瞑たちのもとへ駆け寄る。

「おい、瞑。なんだよ、これ」

「く、クラスメイトの……燿と流花……」

「そうじゃなくて、何を仕出かしたらこんなことになるんだってことだよ」

しかし、悟が再度尋ねても瞑はすぐに返事ができないほど疲れ切っていた。

「後で全部説明するから……家に連れていくの手伝って……」

そう言って瞑は燿を担いだままその場でしゃがみ込んでしまった。この華奢な体で、がたいのいい燿を悟がいる所まで運ぶには体力の限界だった。

悟がチラッと横目で流花を見ると戸惑った彼女と目が合った。そのまま視線を下ろし、怪我をしている膝を見る。流れていた血は乾いているが、擦れた傷はえぐれて砂利も入っており、見ているだけで痛々しい。

気を失っている燿も気になるが、流花の傷も早く手当てをしないといけない。

「おい、こいつら連れていくのうちじゃなくて病院のほうが……」

悟がそう言ったところで、瞑は首を振った。

「父さんじゃなきゃ……だめなんだ」

その言葉で、ようやく悟は事態を理解した。

「……面倒なことを起こしやがって」

悟は小さく舌打ちをすると、瞑と共に燿を後部座席にのせた。

運転席に乗り込み、エンジンをかける。

急いで自宅に戻ると、まるで自分たちの帰りがわかっていたかのように一世が玄関から出てきた。

「悟！　瞑！　これは一体……」

不吉な予感はしていたものの、流石の一世もこの事態は想像していなかった。流花を護れとは言ったが、見知らぬ少年の燿もいる。

「瞑……彼は？」

一世は二人がかりで車から降ろされる燿を見て瞑に尋ねる。

「クラスメイトの千倉燿。奈古さんに憑かれて巻き込まれちゃったんだ」

「奈古さんにですって？」

一世は持ち前の大きな目をさらに丸くした。瞑の言う通り、燿には僅かに奈古の霊気が残っていた。こうして彼が眠っているのも奈古に憑かれた際のダメージ……霊障のせいだ。

「大変なことになりましたね……」

そう言って一世は悟と瞑に担がれている燿を背負った。

「まずはこの子を本堂に連れていきます。瞑もついて来てください。悟は流花さんをお願いします」

一世に指示され、二人は深く頷いた。

「歩けるか？」

悟に訊かれ、流花は「は、はい」と緊張しながらも頷いた。

「無理するなよ」

そう言って悟は流花を自宅へと招いた。

その横では一世と瞑が燿を担いで本堂へと向かっていった。

本堂に入ると金色の大きな仏壇が奥に佇んでいる。

一世は仏壇の前にある広いスペースの中央に燿を寝かせる。

「まずは端的に状況を説明してくれませんか？」

一世は燿の前に座りながら瞑に尋ねる。その声はいつものおっとりとした穏やかなものではない。

一世から威圧感を感じながらも、瞑は簡単にこれまでの出来事を話した。しかし、一世もある程度は想像できていたのか、「なるほど」と言うだけで特に驚いた様子もない。

「鳴弦で剥がしてもここまで霊気が残っているということは、奈古さんは相当強い力があった可能性があります。最悪、燿君の魂も蝕まれているかもしれません」

一世は淡々としているが、言っていることは恐ろしい。この不穏な雰囲気に瞑も緊張で表情が強張る。

「ひとまずは霊視をしてみるので、君はここで見ていてください」

一世は言霊を呟くと、燿の額に手をかざした。

この本堂には大きな仏壇がある。仏に一番近いこの場所だからこそ、一世の霊力も最大限に発揮できるのだ。

二人の様子が見えるよう、瞑は彼らの前に立つ。

だが、霊視して早々に一世は目を見開いた。

「こ、これは……」

愕然《がくぜん》とした様子の一世に、瞑は嫌な予感がした。

「もしかして俺……やらかした？」

恐る恐る瞑は一世に尋ねる。

困惑している瞑に向け、一世は静かに首を振った。

「凄い子を連れてきましたね」

その意味深な言葉に瞑は「え？」と聞き返す。そんな瞑を安心させるように一世は目を細めて微笑んだ。

「大丈夫。燿君は無傷です。それに、流花さんの黒い影も消えました。本当、よくやりました」

一世はそう言って瞑の頭にポンっと優しく手を置く。その言葉に瞑は安心しきってへなっとその場で座り込んだ。

だが、一世の話はまだ終わっていない。

「私はもう少し彼の手当てをします。瞑は流花さんの所へ行って彼女にもう少し待っていてもらうように言ってもらえませんか？　彼女には、色々お話しないといけませんし……ね」

一世は静かに声のトーンを落とし、小さく口角を上げる。その笑みに何かを隠しているような気がしてしまい、瞑はごくりと唾を呑んだ。

◆　◆　◆

一世に「お願い」と頼まれたのはいいが、悟はこの姫君の扱いに困っていた。

水道水で傷口を洗う時も、こうしてソファーに座らせて手当てをしている時も、瞑なら遠慮はいらないのだが、相手が流花となるとそうもいかない。今も足に包帯を巻いているが、痛そうに表情を歪めている。

「悪い。痛かったか？」

「い、いえ！　大丈夫です！」

流花は笑って言うが、おそらく傷口を洗う時も痛みを我慢していたに違いない。

加減がわからん。

ため息をつきながら悟は無意識に頭を掻く。

「その仕種、柄沢君もよくやりますよ」

頭を掻く悟を見て流花はおかしそうにクスクスと笑う。

「最初は似てないかもって思ったけど、やっぱり似てますね」

「あいつに似てるなんて勘弁してほしいけどな」

悟はあからさまに嫌な顔をする。

悟の言い分に流花は「フフッ」と笑うが、その笑顔もすぐになくなる。

視線を落とす流花に悟はかける言葉を見つけられないでいた。

足の怪我も気になっていたが、それよりも赤くなった彼女の目のほうが気になっていた。けれども泣いた理由なんて当の本人に訊けない。

どれだけ泣いたらここまで目を腫らせるんだ。

そう思いながらも、悟は黙って台所まで行き、冷水でタオルを濡らした。

「ほら、これで目を冷やせ」

固く絞った冷たいタオルを渡すと流花はハッと顔を上げた。

「あ、ありがとうございます」

恥ずかしそうにしながらも流花はそのタオルを受け取る。だが、瞼を冷やすその表情はまだ暗い。

涙は引いても、流花の不安感は隠しきれていない。いや、友人が意識を失ったうえに未だに目を覚まさないなんて不安になるに決まっていた。しかし、そんな曇った表情を見せられても悟もどうすればいいかわからず、戸惑ってしまう。

「仕方ねえな」

悟は大きくため息をつくと、流花に背を向けて再度台所へと向かった。

棚から急須と二つ湯呑を出し、慣れた手つきで茶を淹《い》れる。

「飲めよ」

そう言って悟は流花の前にあるセンターテーブルに茶を置いた。

「すみません」

湯気立つ茶を流花はそっと口に運ぶ。悟も流花の隣に座り、ズズッと茶をすする。

「……美味しい」

じんわりと口に広がる旨味と温《ぬく》みに流花は思わず言葉を漏らす。

「だいぶ落ち着いたか？」

表情が柔らかくなった流花を見て悟は頬を綻ばせた。

「何があったか知らねえが、親父はああ見えても凄い人だから安心しろ」

そう言って悟は流花を慰めるようにぐしゃっと彼女の頭を撫でる。

驚いて顔を上げる流花を見て、悟はフッと短く笑う。

「弟が迷惑かけて悪いな」

「い、いや、迷惑なんてとんでもないです。むしろ私のほうが仲良くしてもらって……」

「謙遜するなって。お前のおかげであいつも学校楽しんでるんだから。まあ、あんな騒がしい奴と同じクラスって想像しただけで俺は疲れるけど」

悟は一瞬遠い目をしたが、すぐに呆れて息をつく。

しかし、彼が弟のことを心配しているのは目に見えていた。

「なんだかお兄さん……柄沢君のお母さんみたいですね」

傷の手当に無駄な動作がないし、すぐに茶が出てくるところから、悟の作業一つ一つが手馴れているように見えた。本人にその気はなくても、今だって弟を思う兄心を隠せていない。

そんな流花の指摘に悟は照れたように目を逸らした。

「俺はあいつの兄だし、真っ当に生きてくれねえと、お袋に合わせる顔がないからな」

あっさりとしている口調だが、悟の頬は少し赤かった。

照れた気持ちを誤魔化すように茶を口に運ぶ。

「そういえば、お兄さんもおばけ視えるんですか?」

突然の流花の問いに悟は含んでいた茶を吹き出した。

「だ、大丈夫ですか⁉」

いきなり茶を吹き出して咽せる悟に流花は慌てる。悟も「大丈夫だ……」と言いながらも動揺が隠しきれておらず、咳も止まらなかった。

流花にこんな問いをされるなんて、悟は思ってもいなかった。

「あの野郎……もうそんなことを話してるのかよ」

独り言ちりながら、悟はこぼれた茶を拭く。

「まさかお前も視えるんじゃないよな」

悟は訝しげに流花を見る。しかし流花は即答できず、「えっと……」と口籠った。

その時、渡り廊下と繋《つな》がった扉が開かれた。現れたのは暝だった。

「ただいま」

呑気に戻ってくる暝に悟は渋い顔をする。

「お前、何こいつに視えることバラしてるんだよ」

「え？　あ、ああ……なんというか……成り行き？」

「どうしたら成り行きでそんなことになるんだよ」

悟は蔑《さげす》んだ目で暝を睨んだ。幽霊が視えるだなんてことは、悟は余程なことがない限り隠し通すものだと思っていた。悟だって家族以外に自分の体質を話しているのは、今のところ同類の高爪統吾しかいない。逆に言えば統吾に会うまで悟は親しい友人にすら言っていないのだ。それが暝は出会って数週間程度しか経っていない流花に自分の秘密を明かしている。その神経を疑った。

悟からひしひしと不機嫌なオーラが漂う。今にも怒りそうな悟を見て、流花は慌ててフォローを入れる。

「違うんですお兄さん。柄沢君は私を幽霊の男の子から助けてくれて……その時に話してくれたんです」

「幽霊の男の子？」

一瞬ぽかんとなった悟だが、すぐに思い出した。

「お前、幽霊のガキ騒動の時にいたのかよ」

深く納得した悟だが、それだと尚更疑問点が浮かぶ。

「お前、幽霊視えるのか？」

「いえ……視たのはその男の子が初めてです。その時は波長が合っていたからって柄沢君が……あれ？」

自分で話しておいて流花も訳がわからなくなっていた。自分の矛盾に気づいてしまったのだ。

「私……さっきお母さんのこと、ちゃんと視えてた」

流花の発言に瞑も「あれ？」と遅れて疑問に気づく。

「そうですか……そういうことだったんですね」

そんな彼らの会話を穏やかな声が繋げる。

三人とも声のしたほうに顔を向けると、いつの間にか瞑の後ろに燿を背負った一世が立っていた。

「父さん……終わったの？」

「ええ。悪いですが、ソファーを空けていただけますか？」

一世がそう言うので瞑はすぐに道を開け、悟と流花は席を立って食卓椅子に移動した。

避けてくれた三人に礼を言いながら一世は燿をソファーに寝かせる。

「さて、お話は聞かせてもらいましたよ」

一世は和やかな笑みを浮かべながら流花を見る。しかし、流花はその笑顔が少しだけ怖かった。彼の大きな瞳がすべてを見透かしているように見えたからだ。

「流花さん。こちらを見てもらってもいいですか?」

一世は差し出すように彼女に自分の掌を見せる。そう言いながらも一世の手の中は空っぽで、流花だけでなく一緒に覗いだ悟と瞑も首を傾げる。

「何もないじゃん」

「ええ。何もないで正解です。なら、これなら?」

一世はじっと自分の手を見つめる。すると彼の手から青い光がぼんやりと出てきた。

「この光……柄沢君と同じですか?」

流花は目をパチクリさせながらその青い光を指差す。その言葉に悟と瞑は「え?」と驚きの声をあげた。

「流花、この光が視えるの?」

「え……う、うん。視えるよ」

困惑する瞑に流花もまごつきながら肯定する。

悟と瞑が驚くのも無理はない。霊力が具現化した光など彼らのような霊媒体質にしか視ることができない。それなのに、霊媒体質ではない流花も視えるというではないか。

彼らが愕然とする中、一世は「やはり」と納得するように頷いた。

「流花さん、幽霊を視た時に他に誰かいませんでした？」

その問いに流花は少し考えこんだが、すぐにハッとした。そして黙ったまま瞑をじっと見つめる。

「……瞑がいましたね？」

その答えに瞑は目を見開き、思わず息を呑んだ。

「どういうことだよ、親父。なんで瞑がいると流花も視えるようになるんだ？」

言葉を失う瞑の代わりに悟が一世に問う。

彼らの視線を一身に浴びながらも一世は落ち着いていた。

「彼女がそういう体質かもしれない……ということですよ」

「体質？」

一世の答えに悟は聞き返す。それでも一世は淡々としたまま彼らに語る。

「人はみな〝気〟を放っています。昔から〝勇気〟〝元気〟〝陽気〟〝陰気〟などという言葉がありますし、人だけでなく森羅万象〝気〟を放っていると言っていいでしょう。この〝霊気〟だって同じです」

それが一体なんなんだと悟と瞑は不審に眉を寄せる。

しかし、この〝気〟こそがこれから言う一世の仮説のキーワードとなる。

「ならば、流花さんが〝気〟と同調しやすい体質だったらどうでしょう」

「同調……だって？」

確かめるように繰り返す暝に向け、一世は深く頷く。

「流花さんが私たちの〝霊気〟と同調しているとしたら……彼女がこの数週間、しかも暝が一緒にいる時だけ霊力が格段に上がるのも納得がいきます。具現化した私の霊気が視えたのが何よりの証拠です」

ここまで〝気〟に影響されるとなると、彼女は様々な物に過敏になるはずだ。威圧感、同情心、周りの視線……他の人には感じない僅かな物でも彼女は気にしてしまうだろう。

「そのため、呪いや霊障の類いは特に気をつけたほうがよさそうですね。多分、人の何倍も受けてしまいます」

言葉を紡いでいく一世に、流花は何も言えなかった。彼の言葉に思い当たる節がありすぎる。威圧感も人の視線も、彼女が一番恐れているものだ。たとえ他の人が気にしない程度でも、彼女からしてみれば刺さるように感じてしまう。

今日初めて会ったのに、彼は今まで流花の人生を覗き込んでいたかのように思えてきた。だから、流花は怖くて一世の顔を見ることができなかった。

戸惑うのは暝も同じだった。自分の放つ霊気と同調して流花が視えるようになるなんて思ってもいなかった。いや、こんな体質があることすら暝は想像だにしていなかった。

いた。

「瞑、これがどういう意味かわかりますか？」

一世は諭《さと》すように瞑に尋ねる。口調は穏やかだが、只事ではないことは瞑にもわかっていた。

緊迫した空気に誰もが黙り込む。

その沈黙を一世が破った。

「こんなことをあなたたちに言うのは大変心苦しいのですが……流花さんは瞑とは一緒にいないほうがいいのではないでしょうか」

一世の非情な言葉が瞑の心に深く突き刺さる。

「どういう意味だよ、父さん……」

「そのままの意味ですよ。霊魂が強い力を持つ者を好むのは知っているでしょう？　瞑には自分を護る力があります。しかし、流花さんにはそれがないのです。となると、君がそばにいると彼女まで危険な目に遭わせてしまいます」

一世は真顔のままじっと瞑を見つめる。

反論したいが、虚しいくらい瞑は言葉が出てこなかった。一世の言っていることは尤《もっと》もだ。彼女を危険にさらさないためにはそれが一番の方法なのだとしたら、それに従うしかない。けれども、せっかくできた友人と縁を切るのは心苦しく、とても悔しかった。

それなら、俺が――……。

手を握りしめ、ぐっと拳を作る。覚悟を決め、瞑は一世に楯突こうとする。

しかし、先に拒んだのは流花のほうだった。

「……嫌です」

声は震えていたが、強い意思が宿ったその言葉には迷いはない。

「流花さん？」

これには一世も驚いた。流花のために言ったはずが、流花自身に断られる。しかも彼女は真剣な表情で一世を見つめてくる。

「この先、今日のような危ない目にたくさん遭うかもしれませんよ？」

惑わない彼女に向け、一世は念を押す。

けれども流花の意思は変わらない。

「それでもいいです。友達と一緒にいられないよりはずっとマシです。それに――」

流花は瞑に顔を向け、にこっと微笑んだ。

「その時は、また助けてくれる？」

その笑顔に瞑は驚いて目を大きく開けたが、すぐに微笑み返した。

「うん！　任せろ！」

歯を見せてあどけなく笑いながら瞑は流花に向けて掌を広げる。流花も微笑んだまま瞑に応えるように彼の手にハイタッチした。

そんなやり取りに一世も悟もぽかんと口を開けていた。

「……流花さんにしてやられましたね」

一世はフフッと顔を綻ばす。その隣で悟は声を出して笑う。

「気に入った。俺が家まで送ってやるよ」

悟は流花の頭をがしがしと強く撫でた。

「先に準備して待ってる」

機嫌よく笑いながら悟はリビングを出る。

先ほどまでの緊迫感はどこへ行ったのやら、急に和らいだ空気に瞑も流花もきょとんとした。

そんな二人を見て一世はふぅと息をついた。

「瞑、流花さんに感謝するんですよ」

そう言って一世は瞑の肩をポンっと軽く叩く。

「流花さん、先ほどは失礼なことを言ってすみませんでした。瞑を試すつもりだったのに、流花さんに助けられるとは……」

白状する一世に二人は「え？」と素っ頓狂《すっとんきょう》な声をあげる。

「何それ。さっきの冗談だったの？」

あんな威圧されるほど見つめられ、息苦しい空気だったというのに、それも一世の演技だと言うのか。文句を言いたい瞑だが、一世は「申し訳ない」と謝るだけだ。

「相手のことを知って護るのと、知らないで護るのとでは心積もりが違うじゃないですか。半端な気持ちで挑むよりずっといいと思いまして。それに、私が何を言っても君も拒むつもりでしたでしょう？」

一世の言葉に瞑はぎくりと肩を浮かせた。結局、彼には瞑のことなどすべて見透かされていたのだ。

「よかった。これで遠慮なく柄沢君と一緒にいられるね」

彼女の顔に喜色が浮かぶ。そんな彼女の表情と発言に瞑はすっかり照れてしまい、恥ずかしさのあまり頭を掻いた。

その時、外で車のクラクションが鳴った。悟の出発の準備が整ったのだ。

「瞑、流花さんを見送ってきなさい」

「うん。行こう流花」

瞑は流花に肩を貸し、足を引きずる彼女に歩幅を合わせて外へと向かった。

「本当……今日はお世話になりました」

去り際、流花は一世に向かって深々とお辞儀をする。

「……燿君のことは私におまかせください」

そう言うと流花は安心したように微笑んだ。

リビングの扉が閉まると同時に、一世は深く息を吐いた。

次は彼の番ですね。

そんなことを胸に秘めながら、彼はソファーで眠る燿をじっと見下ろしていた。

◆　◆　◆

藤崎新太が高校生の頃だ。

当時の彼は問題児だった。学校にもろくに通わず、たまに来たと思ったら生徒や教師と喧嘩《けんか》して暴力沙汰になる。それくらい荒々しい生徒で教師たちも頭を悩ませていた。

あと一回停学になったら退学。新太にとってそんなことはどうでもよかったのだが、彼の両親から「どうか高校だけは卒業してくれ」と頭を下げられた。しかも執念深く言ってくるものだから流石の新太もとうとう折れ、「卒業はする」と約束した。

幸い自分の名前さえ書ければ入学も卒業もできるような学校だったので新太は嫌々ながらも登校していた。

ただし、当時禁止されていたバイクはやめられず、学校にはこっそりバイクで通っていた。

学校の駐車場には停められないので近くの神社にこっそりと停めた。無論、神社には許可は取っていない。

ここの神社の敷地は広い。拝殿は長い石段を上がった先にあるし、鳥居の近辺には夏になると祭りが行われるほどの広いスペースがある。ただ、駐車場の反対側にある社務所までは参拝者は訪れない。なので新太は社務所の近くにある林の中に隠すようにバイクを停めていた。神主《かんぬし》もこんな所にバイクが停められているなんて思っていないようで、これまでもなんのお咎《とが》めもなく駐車することができていた。


ある日のこと、学校帰りにいつも通り新太が神社までバイクを取りに行くと、珍しく巫女が社務所の前で落ち葉を箒《ほうき》で掃いていた。

咄嗟に新太は社務所の陰に隠れる。この時間は無人の社務所なのに、今日に限って人がいるとは。けれどもバイクを取りに行くにはあの巫女の横を通らないといけない。

巫女がここにいるのなら、神社にバイクを置いていくのは尚更危険だった。そうなると巫女がいなくなる隙を見て、急いで回収するしかない。

早くどっか行かねえか。

腕を組みながら新太はひたすら彼女が去るのを待つ。

しかし巫女は去るどころかピタッと箒を掃く手を止めた。

「あの……出てきてもいいですよ、バイクの持ち主さん」

突然巫女がそんなことを言うものだから、新太の心臓はドキッと高鳴った。

巫女は新太がどこにいるかもわかっているようで、彼のほうをずっと見つめていた。

「ちっ……隠れても無駄ってことか」

観念した新太は舌打ちをしながら巫女の前に出る。

巫女の顔を見て新太は目を丸くした。白と赤の巫女装束で大人びて見えたのだが、よく見ると彼女は新太と同年代の少女だった。

一つに結った長い茶色の髪が風に揺れる。

「大丈夫ですよ。父には内緒にしておきますから」

そう言って巫女の少女は笑窪を作って微笑んだ。

その笑顔を見ているとなんだか拍子抜けしてしまい、新太はばつが悪そうに頬を掻いた。

それが、藤崎新太と大神奈古《おおがみなこ》の出会いであった。


新太が目を開けると、見慣れた天井が目に飛び込んだ。

奈古の法事を終えて家に戻り、それから疲れてリビングのソファーで眠っていた。いつの間にか日が沈み、辺りは暗くなっていた。昼頃から今の時間までずっとこのソファーで爆睡していたということになる。

「昔の夢を見るなんて……俺も歳食ったな」

新太はぺたんと額に手を置いて、深く息をつく。

でも、法事の後に出てこなくてもいいんじゃねえの？

新太はそっと仏間に置いてある奈古の遺影を見た。しかし、遺影の中の奈古は何も言わず、あの日と同じ笑顔を浮かべている。

ふとスマホを見ると十五分前に流花からメッセージが入っていた。

『もうすぐ帰ります』

『柄沢君のお兄さんが車で送ってくれるって』

車で帰ってくるということは、そろそろ流花が家に着く頃合いだ。

「……飯、作るか」

気怠い体を起こし、新太はテレビのリモコンスイッチを押した。

テレビではいつも通りニュースが流れていた。

テレビのニュースを流すように聞きながら新太はぐっと背中を伸ばす。

その時、外で車のドアが閉まる音がした。誰かが藤崎家に来たようだが、この時間だと流花だろう。なので、新太はそのまま台所へと向かった。

「ここで臨時ニュースです」

ニュースキャスターが突然声色を変えたものだから、新太は思わずテレビのほうに振り向いた。

そして画面に映ったその文字を見て、新太は目を見開いて息を止めた。

「ただいま」

玄関から流花の声が聞こえる。しかし、そんな彼女に「おかえり」と返せるような余裕は今の彼にはなかった。

「……お父さん？」

テレビ画面を見て立ち尽くす新太に流花は戸惑った。これまで新太がこんなにも愕然としているところなど流花は見たことがなかった。

「お父さん、大丈夫？」

恐る恐る流花が声をかけると、新太はゆっくりと彼女のほうを見た。

新太の目に映ったのは愛娘だったが、彼が見たのはそれだけではなかった。しかと受け継がれた白い肌と茶色がかった艶のある直毛。夢で見た奈古の姿と流花が重なる。

新太は口を閉ざしたままそっと流花を抱きしめた。

いきなり新太に抱きしめられ、流花は戸惑った。

流花は彼に「どうしたの？」とも聞けなかった。新太は声を殺して泣いていた。それは、彼女が初めて見た父親の涙だった。

新太の後ろでテレビのニュースキャスターは語る。

「――絹子川警察署は、麓与商店街から出てきた不審な男が二年前に起きた殺傷事件の犯人の特徴と一致していたため、警察署に連行しました。その後の取り調べで男が容疑を認めたため、そのまま逮捕になったとのことです」

テレビの画面には見慣れた事件の名前が映る。

〝絹子川連続殺傷事件、容疑者逮捕〟

その上には先ほど流花を襲ったあの男の写真が写っていた。

◆◆◆

俺、死んだかもしれない。

目を開けて早々、燿はそんな予感しかしなかった。広がる世界はどこを見回しても白一色。燿は天国を信じていなかったが、こんな濁りのない世界を見せつけられたら自分が死んだようにしか思えない。

「大丈夫。君は生きてるよ」

そんな彼の心を見透かしたように、背後から女性の声が聞こえた。

振り向くと髪の長い女性が笑窪を作って笑っていた。燿は、この女性を知っている。

「藤崎の母さん？」

よそよそしく呼ぶと、奈古はコクリと頷いた。

「迷惑をかけて本当にごめんなさい」

奈古は燿に向けて深々と頭を下げる。

突然頭を下げられ、燿は驚いて身じろぎした。けれども奈古は頭を下げ続ける。

「自分が死ぬときはこの世に未練を残さないと思っていたのにあんなことになってしまって……君たちを頼るしかなかったの」

霊魂はこの世への未練が大きければ大きいほど闇に堕ちやすい。しかも奈古は自分を殺した犯人への憎悪と遺してしまった家族、特に一人娘の流花への思いが異様に強かった。

自分が悪霊になるのは時間の問題だということを奈古はわかっていた。なんとかしなければならないとは思いつつも、一度土地に魂を囚われてしまっては自分ではどうしようもなかった。その上彼女が囚われたのはあの麓与商店街。元々人通りがないのに加え、日当たりも悪いから陰気が溜まりやすかった。あの土地は奈古が地縛霊になる条件が整いすぎていたのだ。

地縛霊になってしまうと自分の意思では動けなくなる。だが、一つだけその土地から逃れられる方法があった。他人に取り憑くということである。そうすれば憑いている間だけその人物を利用して移動することができる。

そこで目をつけたのが千倉燿だった。

「実は流花、人とはちょっと違う体質なの」

「体質？」

「ええ。あの子、〝気〟に影響を受けやすい体質でね。私がいた時は私が護ってあげられていたけど、死んでからはそうもいかないでしょう？　だから、ちょっと君の体を借りていたの」

「借りていたって……いつの間に」

燿は思わず両手を見てしまった。しかし、振り返っても奈古に体を取られた記憶はあの時の一度だけ。それなのに奈古は燿と出会ってから幾度となく体に憑いていたという。

しかし、奈古は悪戯っぽくクスクスと笑うだけで、それ以上答えなかった。

そんな奈古の笑顔もすぐに消える。

「でも……時間は私を待ってくれなかった」

奈古はふと天を仰ぎながらぽつりと呟いた。

「いくら押さえ込んでも私の中の憎悪は私をどんどん蝕んでいく。君に憑く余裕もないほどにね。もう、いつ悪霊になってもおかしくなかった」

悪霊になれば、間違いなく自分は人を殺めてしまう。それほど彼女の闇は増大していった。しかも、殺したいのは自分を殺めたあの男ではない。流花だ。

彼女をこの手で護りたい。一緒にいたい。けれども幽霊になれば「死んでほしい」と思うのと同じこと。母親としての愛情が、娘への殺意へと変わる。そうなってしまうと、取り返しのつかないことになる。

「私の自我はいずれ闇に呑まれてしまう。だから私は……君たちを利用したの」

取り憑く相手を燿にしたのも、彼女からしてみれば一つの賭けだった。

奈古の霊力が高いこともあり、この一年で奈古と燿の魂の波長は少しずつ馴染んでいた。

それも、彼女の計画の一つだった。近い将来訪れる、自分の運命を切り開くために。

燿が今日商店街に行ったのも偶然ではない。奈古が彼を呼んだのだ。

「あの時、怖がらせてごめんなさいね。ああでもしないと、君の心に隙が生まれなかったから」

いくら奈古でも燿に憑依するには彼に恐怖心を抱かせ、入り込む隙を与えるしかなかった。一か八かであったが、なんとか奈古は悪霊になりきる前に燿に取り憑くことができたのだ。

「私の叫び……君にも聞こえていた？」

奈古に問われ、燿は黙って頷く。

――流花を助けて。

それこそが、奈古に残された最後の力であった。

「もう力のない私はすべてを君たちに託《たく》すしかなかった。君の力。流花の優しさ、生命力……全部、柄沢瞑君が私のもとまでたどり着くまでの時間稼ぎ」

あの時、流花が「やめて」と叫ばなかったら、男は死んでいただろう。

あの時、燿が一瞬でも自我を取り戻せていなかったら、流花を殺していただろう。

そして、瞑も自分のもとへたどり着いた。

事は彼女の思惑通り上手くいったのだ。

「でも、それって……まさかあんた初めから――」

奈古の意図に気づいた時、燿は驚きのあまり目を見開いた。

彼女の本当の目的は――柄沢瞑に除霊されること。

けれども奈古はただ淋しそうに笑うだけで、何も言及しなかった。

「……そろそろお目覚めの時間みたい」

その言葉が合図かのように、奈古の体が急に輝き出した。

奈古の体だけでない、この真っ白な世界全体が瞬きだし、燿の視界を眩《くら》ませた。

「最後に一つ……聞いていいかな」

奈古の穏やかな声が燿の耳に入る。だが、光が強すぎて燿には彼女の姿をもうほとんど捉えることができなかった。

「どうしてあの時――泣いてる流花を慰めてくれたの？」

奈古の不思議そうな声がする。

奈古が言わんとしていることは燿もわかっていた。他のクラスメイトと最低限の関わりしか持たなかった自分が、当時一度も話したことのなかった流花に声をかけるなんて、らしくない。それは、彼自身も感じていたことであった。

「ただの……気まぐれですよ」

なんとなく、流花を放っておけなかった。

ただ、それだけ。深い意味なんてない。

燿はそうやって自分に言い聞かせていた。

本当はそうではないことを、わかっているのに。

そう思った途端、奈古の後ろにセーラー服を着た少女の姿が現れた。雪のように真っ白な肌で、目の下に泣きぼくろのある少女だ。

少女は長い黒髪を風に靡かせながら燿を見てはにかむ。

ああ、そうか。今、夢の中なんだもんな。

少女が出てきた理由を燿は一人で納得し、軽く笑う。

「強いて言うなら、あいつが知り合いに似ていたから……ですかね」

遠い目をしながら言う燿を見て、少女ははにかんだまま雪が溶けるように消えていった。

燿の答えに奈古は意外そうな顔をしたが、やがて頬を綻ばせた。

燿の答えがどんなものであれ、彼女が燿に告げる言葉は変わりない。

「……流花のこと、ありがとね」

彼女の優しい声と共に、光がさらに強くなる。

途端に燿は自分の体が宙に浮くように感じた。頭の中がどんどん真っ白になっていく。

まるで意識がこの光に溶けていくようだ。

「お別れね、千倉君」

奈古の声が遠ざかっていく。

「忘れないで。君にも、特別な力があるということを……」

特別な、力？

その意味深な言葉に引っかかりを覚えたが、燿も意識を保つのが限界だった。

世界が白く染まっていく。

奈古の魂が、空へと帰っていく。

真っすぐに天へ昇る光の粒子を見送ったのを最後に、燿は意識を手放した。

燿が重たい瞼を開けると、赤毛の頭がぼんやりと視界に映った。

「あ！　目が覚めた！」

気が抜けるような明るい声が聞こえる。

「柄沢……？」

燿が名前を呼ぶと、瞑は嬉しそうに目を細めた。

「よかったー！　燿ってば旧商店街で倒れてたんだよ」

「倒れてた……ねえ」

瞑の証言に疑問を感じながら、燿は深く息を吐いた。

自分の顔を覗き込んでくる瞑を払い除《の》けたくても、まったく力が入らず何もできなかった。

「俺、父さん呼んでくるね」

瞑はそう言ってすっくと立ち上がり、燿のもとから去って行った。

パタンと閉まった襖《ふすま》の音と共に、辺りが静粛になる。

この事態を把握するため、燿は辺りを見回す。

いつの間にやら自分はこんな見知らぬ畳部屋で布団に寝かされていた。仏壇があり、白いワンピースを着た栗色の女性の遺影があることから瞑の自宅の仏間だということがわかるが、問題はどうして自分がこんな所で寝ているのかということである。

疑問に思っていると襖の奥から「失礼します」と声が聞こえた。

入ってきたのは一世だった。燿は一世と会うのは初めてだったが、目元が瞑とよく似ていたので、すぐに彼が瞑の父親だとわかった。

一世は燿の横に座り込み、丁寧に一礼した。

「千倉燿君ですね。いつも息子がお世話になっております」

「は、はあ……」

顔は似ていると感じたが、暝の父親がここまでかしこまった人とは思わなかった。暝とのギャップに燿もつい苦笑する。

「ところで……具合はどうですか？」

「気分は悪くないんですが……力が抜けて手足がまったく動かないです」

「そうですか……それなら、今日は泊まっていきなさい。そんな状態では、家に帰っても親御さんが心配するだけですから」

「……そうします」

燿は天井を見上げ、深く息を吐いた。

「とにかく今は安静にしていてください。親御さんには私から連絡しますか？」

「いや……自分でするから大丈夫です」

一世は「そうですか」と口角を上げる。

「ご飯は食べられそうなら持ってくるので、いつでも言ってくださいね」

一世はそれだけ言い残し、徐に立ち上がった。

「柄沢さん」

燿に呼ばれ、一世は足を止める。

「どうかしましたか？」

一世はにっこりと目を細める。

その笑顔が燿に妙な緊張感を与えたが、燿は引かなかった。

意を決して、燿は尋ねる。

「俺に、隠し事してますよね？」

燿は凛とした目で一世を見つめる。その迷いない眼差しに応えるように一世も彼を見つめ返した。

燿は片時も忘れていなかった。奈古に取り憑かれていたことも、流花を殺しかけたことも、今しがた見たあの夢も……。それを「旧商店街で倒れていた」の一言で済ませられない。

「俺は藤崎の母さんに……」

そこまで言って、燿は口籠ってしまった。奈古は二年前に死んでいる。そんな彼女が自分に取り憑いたなんて非科学的なことを認めたくない。

「俺が見たのは……一体なんだったんですか？」

不安な表情を浮かべる燿に一世はフッと小さく笑った。

「君が見たのは流花さんに対する奈古さんの愛情です。それを君は……違った形で見たというだけですよ」

一世は和やかな表情を浮かべながら落ち着いた口調で答える。

それでも燿は納得していない。

「なら、なんで俺だったんですか？」

奈古の言い方は明らかに自分でなければいけないという様子だった。けれどもその理由に燿は未だに見当がつかないでいた。

「明日すべてお話しますから、今は休んでいなさい」

一世は燿をなだめるように告げる。それからは燿に背を向け、「それでは」と襖を開けて仏間を出ていった。

再び一人部屋に残され、燿はぼうっと天井板を見つめた。

「特別な力……か」

奈古が残した言葉を呟きながら、燿は深く息を吐いた。

◆　◆　◆

翌朝。

悟はスイッチが入ったかのようにハッと目が覚めた。

ベッドから起き上がり、慌てて脇に置いたスマホを見る。時刻はすでに九時近い。

「やっべ……寝坊した」

昨日から燿が泊まっているというのに寝坊とは、迂闊だった。

客人のためにも朝食の準備をしなければ。

寝癖がついた髪を掻きながら、悟は急いで部屋を出る。

しかしリビングの扉を開けると、どういう訳か焦げた臭いが漂っていた。

「もしや」と台所に顔を向ける。そこには瞑がフライパンを持って立っていた。

「あ、兄ちゃん。おはよう」

瞑は満面の笑みを浮かべているが、持っているフライパンには真っ黒な焦げがついている。

これは、最悪な事態が起こっているかもしれない。

「お前……まさか朝飯作ったのか？」

「うん。昨日は疲れて寝ちゃったからいつもより早く起きちゃってさ。兄ちゃんも起きてこないし、たまには俺が作ろうと思って。まだ一人分しかできてないんだけど、食べる？」

瞑はそう言ってうきうきしながらお椀に汁物をよそう。

拒みたいが、ここまで目を輝かされると悟は断れなかった。いや、断る前に瞑がどんどん料理をよそっていくので断る暇もなかった。

仕方なく悟は食卓椅子に座る。

しかし、食卓に並べられた朝食に悟は絶句した。

味噌汁の中にトマトとキュウリが入っている。トマトとキュウリの味噌汁自体は存在するとはいえ、瞑が出してきたのはトマトもキュウリもざく切りにされており、ごろごろとしたクリスマスカラーの異物が浮いているだけのものだった。

極めつけは皿にのせられた謎の黒い物体。

「なんだよこれ……」

悟が顔を引き攣らせながら尋ねると、瞑は軽い口調で「目玉焼き」と答えた。

「目玉焼きって、どの辺が目玉だよ」

「こ、この辺?」

「わかってねえじゃねえか」

クエスチョンマークを浮かべながら黒い物体を丸で囲む瞑を悟はパシッと叩いた。

それでも味噌汁は食べられるだろうと悟は恐る恐る口に運ぶ。

「うっ」

思わず言葉が漏れた。味噌汁なのだから味噌と出汁《だし》の味がするかと思ったのに、なぜか砂糖の甘味を感じる。

「お前……なんで砂糖を入れたんだよ」

無理矢理味噌汁を飲みこんで咽せながらも悟は瞑に尋ねる。

「そりゃ、しょっぱすぎたから？」

「だからといって砂糖入れるなよ。お前、これちゃんと味見したのかよ」

「してないよ。俺、さっき一人でマックに行ってきたから腹いっぱいだし──もがっ！」

瞑が言い切る前に、悟の目が光った。そして瞬時に皿の上にあった瞑の言う目玉焼きを彼の口の中に押し込む。

「ま、まずっ‼」

押し込まれた一瞬で、瞑の口の中に目玉焼き《ダークマター》の苦みが一気に広がった。その不味さで瞑は蹲り、悶え苦しんだ。

そんな瞑を悟は呆れたように見下ろし、その場で服の袖を捲《まく》り上げた。

「お前、もう台所に立つな」

ピシャリと言い切ると、そのままスタスタと歩いて台所に立つ。

その一連の流れが終わった後、仏間の襖がそろりと開いた。

「おはようございます……」

苦笑いをしながら燿が仏間から現れる。先ほどの二人の会話も届いており、完全に入るタイミングを見失っていたのだ。

「いつもこんなに賑やかなんですか？」

「まあ、そうかもな」

頬を引き攣らせながら尋ねる燿に悟は嘆息をつく。

「今、お前の朝飯作るから待ってろ」

そう言って悟は冷蔵庫を開け、中からハムと卵を取り出した。

フライパンを油で熱して温める。その間に片手で卵を割り、溶き卵を作る。フライパンが熱くなったらハムを入れ、一気に焼く。棚にストックしていた食パンはオーブントースターに入れ、タイマーを回す。ハムが焼きあがると皿に移し替え、次は溶き卵をフライパンに入れる。そしてオムレツができあがったと同時にオーブントースターが「チンッ」と音を鳴らした。あとは作り置きしていたポテトサラダと買ってあったレタスを切って乗せれば完成だ。

「悪い、待たせた」

悟は食卓にできあがった朝食をのせる。

「初めてうちに来たのにこんな手抜きの朝食ですまんな」

「これで手抜きなんですか……」

悟の言葉に燿の目が点になる。ここまで手際が良くてこんなにも美味しそうなのにこれで手抜きとは、悟の料理の腕前には恐れ入る。

「兄ちゃんのご飯はなんでも美味《うま》いんだ」

悟の作った朝食に誘われるように瞑がむくっと起き上がる。

「なんだ、生きてたのか」

「生きてるわ！　そしてハモるな！」

声を揃えて意外そうな顔をする悟と燿に向け、瞑はすかさずツッコミを入れた。

そんな騒がしいやり取りをしている最中、甚平《じんべい》姿の一世がリビングの扉を開けた。

「おや、美味しそうな香りがしますね」

「あ、おはようございます」

「おはようございます燿君。調子が戻ったようで安心しました」

一世は腕を組みながらウンウンと頷く。

「今、親父のも作るからちょっと待ってろ」

「いえ、いいんですよ悟。私はこちらをいただきます」

一世はそう言って先ほどまで悟がいた椅子に座った。その前には瞑が作ったクリスマスカラーの味噌汁が置いてある。

「おい親父。その味噌汁飲めたものじゃ……」

悟が止めに入ろうとしたが、一世は何もためらうことなく味噌汁を口に運んだ。

そして、一世は顔色一つ変えずに笑顔を浮かべる。

「美味しいですよ」

「え……」

これには悟も燿もぎょっとした。あんな味噌汁なんて飲めたものではないのに、一世はその味噌汁を飲み干したのだ。

「流石父さん！　兄ちゃんとは違うね！」

一世の飲みっぷりを見て、瞑は嬉しそうに笑う。その笑顔が悟はなんとなくムカついて、鍋に残っていたその味噌汁をお椀によそい、瞑の顎を掴んで無理矢理流し込んだ。

「ぐはっ」

短い断末魔をあげた瞑はその場に横たわる。そんなのたうつ瞑を見て悟は嘲るように鼻で笑った。

「お、お見事……」

悟のサディスティックなテクニックに燿の頬も引き攣った。

「……おや？」

騒ぎ立てる息子たちをよそに、一世がすっくと立ち上がる。

「お客様のようです。出てきますね」

一世はそう言ってリビングを出て行った。

それとほぼ同時にインターホンが鳴る。

その違和感に燿は横たわる瞑の隣にしゃがみ込み、小声で尋ねた。

「なあ……お前の親父、今インターホンが鳴る前に出て行かなかったか?」

偶然にしてはタイミングも合っていた。まるで客が来ることが予《あらかじ》めわかったかのような行動だった。

怪しむ燿に瞑は「ああ」と深く構えずに返した。

「父さんは、そういうのがわかるんだよ。まあ、気にしないで」

むくっと起き上がった瞑はニッと屈託のない笑みを浮かべた。

だが、燿は瞑の言葉に納得がいかず、結局一世に対する不信感を拭うことができなかった。


一世が玄関の扉を開けると、髪の短い女性が立っていた。年は一世と同年代の四十代半ばに見えるが顔色が悪く頬もこけていた。

「朝早くに申し訳ございません……私、ムラモトと申します。〝村〟に元気の〝元〟で、村元《むらもと》です」

「村元さん……」

名乗る彼女に一世は少し考え込む。

「もしや、先代の奥様ですか?」

一世の問いに村元夫人は頷く。

彼女の主人である村元住職のことは名前しか聞かされておらず、こうして彼女と会うのは初めてだった。

となると、彼女がここに来た理由も一世は察しがついていた。

「あの……主人は戻っておりませんか？」

予想通りの問いに一世は彼女を憐れんだ。

一世は村元住職に一度も会わずに寺の引継ぎをした。というのは、村元住職が数ヶ月前に突然姿を晦《くら》ましたからである。

村元住職が失踪したその日、彼の書斎には妻宛ての手紙が残されていた。

『私はもう疲れてしまった。勝手なことを言って申し訳ないが、どうか探さないでほしい』

勿論村元夫人はすぐに警察に連絡した。しかし彼が失踪した時は真冬で雪が残っており、捜査は難航していた。

結局村元住職は見つからず、代わりに一世が雇われ住職としてこの寺を引き継いだのである。

未だに村元住職が見つからなくても、彼女は住職の捜索を諦めていなかった。

「雪も溶けたから、もしかして何か情報が入ってるのではないかと思いまして……」

村元夫人は伏し目がちになりながらも縋るように一世に尋ねる。

「残念ですが、村元住職のことは私も何も知らされてないのです。何かわかりましたら、すぐに連絡しますので……」

そう返すと村元夫人は「そうですか」と腕時計を反対の手でぎゅっと握った。

その腕時計に一世は違和感を覚えた。女性が身に着ける物にしては大きく、ベルトも彼女の腕に合っていない。デザインも男物だ。

「もしやその腕時計……村元住職のですか？」

「え？　あ、はい……主人がプライベートで愛用していた物です。こうして身に着けていると主人がそばにいるような感じがして、落ち着くんです」

村元夫人は「おかしいですよね」と笑う。その笑みも愁いを帯びており、声も震えていた。

今にも泣き出しそうな村元夫人に同情を誘われながらも、一世は彼女に請うた。

「よろしければ、その腕時計見せてもらえませんか？」

「あ、はい……どうぞ」

一世の請いに村元夫人は不思議に思いながらも、腕時計を外して一世に手渡す。

腕時計を掌に置いた一世は特に観察することもなく、それを軽く握るだけだった。しかもほんの少しの間だけで、すぐに腕時計を彼女に返す。

「ありがとうございました」

微笑む一世だが、その行動は謎のままで村元夫人も首を傾げるばかりだ。

「それでは、私はそろそろ……」

村元夫人は腕時計をつけ直し、一世に会釈する。結局村元住職の情報も掴めず、彼女の行動も無駄足に終わってしまっただろう。

「ご主人、きっと見つかりますよ」

落胆する彼女を慰めると、村元夫人は深々と頭を下げた。

まあ、「きっと」じゃないんですけどね。

そんなことを思いながら、一世は再びリビングに戻った。


リビングに戻ると食事を終えた三人が茶を飲んでくつろいでいた。

食卓の上には悟が改めて作った朝食が置いてある。

「長かったな。誰だったんだ?」

悟は愛用の湯呑で茶をすすりながら一世に尋ねる。

「先代住職のご夫人でした」

「先代の？　なんで今更」

「失踪中の住職の情報を知りたかったそうですよ」

　その会話を聞いて燿は思い出したように「ああ」と頷く。

「村元さんでしたっけ？　そんな事件もありましたね」

「有名なの？　その行方不明の住職」

　瞑の問いに燿は「まあな」と頷く。

「うちもこの寺の檀家だしな。それに、一時期街でも捜索願いのポスターとか貼られていたし。この地区の人ならだいたい知ってるんじゃないか？」

　しかし、これまで有力な情報が入っていないのも事実だ。季節が一つ過ぎるほど時間が経っていてなお見つかっていないということは、誰もが村元住職の行く末に察しがつく。

「行方不明になったのも冬だっていうし、そう簡単には見つからないんじゃないですかね」

　燿は無表情でそう言い、茶をすすった。

　けれども、一世はそうは思っていなかった。

「今日はこの後空いてますか？　悟も瞑も――燿君も」

　突然呼ばれた燿は「え？」と目を丸くする。

「ちょっと付き合ってほしいところがあるんですよ」

ぽかんと口を開ける三人に向け、一世は静かに微笑んだ。

◆　◆　◆

一世に連れられ、三人は境内に出た。

外は快晴。春の暖かい風が彼らの短い髪を靡かせる。

「いい天気ですね」

一世は晴れ渡る青空を気持ちよさそうに仰ぐ。

「父さん、どこに行くの？」

相変わらず読めない一世の行動に瞑は尋ねる。

「村元住職の所ですよ」

一世は当然のように言うが、なおさら意味がわからなかった。

助けを求めるようにお互い顔を見合わす瞑と燿を見て、一世はおかしそうに笑う。

「まあ、見ててください」

一世は着替えた作務衣のポケットから折り鶴を取り出す。

「何これ、折り紙？」

「いいえ、和紙です」

そう言って一世は折り鶴をフゥと息を吹きかけた。

その瞬間、あろうことか折り鶴はふわりと宙に浮いた。

「な、なんですかこれ！」

普段冷静な燿もこれには度肝を抜かれた。

折り鶴を飛ばすなんて余程軽い紙と強い風でない限り不可能なはずだ。なのに折り鶴はまるで自分の意思を持ったかのようにふわふわと一世の周りを飛んでいる。

「私が丹精込めて作りましたからね。意思くらい宿ります」

「いや、普通は宿りません」

からかうように笑う一世に向け、燿は真顔で首を振る。

「これが宿るんですよ。この子には村元住職の〝気〟を手繰《たぐ》るようにお願いしましたからね」

一世曰く、これからこの折り鶴は行方不明の村元住職のもとへ案内してくれるとのこと。だから一世は「村元住職の所へ行く」と言ったのだった。

「さあ、行きますよ」

一世は三人を手招きして、境内の外へと向かう。

一世が説明しても燿はまだ納得できなかった。けれども、悟も瞑も何も疑うことなく一世の後に続くから、燿も渋々彼らについていった。

全員が歩き出すと折り鶴は彼らを先導するようにスーッと飛んでいく。まるで彼らの準備が整うのを待っていたかのようだ。一世の言う通り、本当に意思を宿しているように見える。

燿は不思議でたまらなかった。出発してから車も人も四人のそばを通り過ぎているのに、周りの人々は折り鶴について何も騒ぎ立てなかった。それどころか、折り鶴に目も向けない。

「安心してください。あれは我々にしか視えてませんよ」

一世は燿の心情を察するように言う。

それならば、どうして自分はその折り鶴が視えているのか。

一世が話せば話すほど、燿の疑念は募るばかりだった。

寺の敷地を周るように歩道を歩いていると、やがて長い坂に入った。この坂を上るとすぐに山に出る。山は寺の裏手に位置しており、地元民は「寺の裏山」とも呼んでいた。山といっても登山をするような高いものではない。どこまでも木々が生い茂っているだけで、せいぜいきのこ採りか山菜採りしかできない小さな山だ。

折り鶴は留まることなく、山をふわふわと飛んでいく。

山頂へと進むたびにぬかるんだ足場の悪い道が続いた。草花も成長するがままに伸びている。

なぜ折り鶴はこんな人が来なそうな山頂まで彼らを導くのか。

それは、口に出さなくても全員わかっていた。

黙りこくったまま彼らは折り鶴の後に続く。

そして山頂に近づいた時、折り鶴が役目を終えたようにゆっくりと降下していった。

折り鶴が降り立った草むらを見て、一世は歩みを止めた。

「……動かないでください」

一世の気圧《けお》されるような低い声に彼らも思わず足を止める。

「悟……ここには電波はありますか？」

一世に言われ、悟はポケットからスマホを取り出す。

「ああ。なんとか」

「なら、電話していただけますか？　……警察に」

一世の言葉に暝と燿は目を大きく見開いた。

一世は何も言わないが、何かを隠すように佇む彼の様子から、只事ではない予感がしていた。

「……いるの？」

暝の問いに一世は頷く。

一世の目の前には何者かの死体があった。体つきからかろうじて男性だとわかるが、肉が所々腐って、骨も剥き出しになるほど腐敗が進んでいる。生前の面影は何一つ残されていないが、頭の近くに薬瓶が転がっていることから薬を飲んで自ら命を絶ったことは想像できた。

こんな事態になっても悟はまったく動じていなかった。

「警察にはなんて誤魔化せばいいんだ？」

「そうですね。山菜採りに来たとでも言ってください」

「わかった。後は適当に合わせておく」

そう言って悟は彼らと距離を取り、スマホの画面をタップして電話をかけた。

悟が電話している間、一世は徐に手を合わせた。

「どうか安らかに」

一言そう呟くと、一世は目をつぶり、静かにお経を読み始めた。

この姿を息子たちには視せるべきではないと一世は感じていた。

自害した彼はこれからもこの山に魂を縛られ、延々と自分の死を繰り返す。今だって彼は霊魂になっても地面に横たわって、薬物が回るのをひたすら待っている。彼の残された道は魂が朽《く》ちるまでこの世をさ迷い続けるか、闇に堕ちて悪霊になるかの二択しかない。

それに、こんな惨い場面を視るのは、自分だけでいい。

一世は彼が天に帰れるように懸命にお経を唱えた。

その願いが叶ってか、男の体は光に包まれ、キラキラと輝き出した。

その輝きは一世の後ろにいた瞑と燿にも届いていた。

「これは……」

「成仏する魂だよ。ほら、見て」

指差す瞑の先には、穏やかな表情を浮かべた坊主頭の男の姿があった。

この男のことを燿は知っていた。彼こそが村元住職だ。

村元住職の体は見る見る透明になっていき、やがて光の粒子となって空へと昇っていく。

「ここで、いつでも見守っている」

消える間際、村元住職のそんな声が聞こえた気がした。

無事に成仏した村元住職を見送ると、一世はふと正面を見た。

彼の遺体の先は崖になっていた。そこからは絹子川市が一望でき、その中でも寺はひと際目立っていた。

やがて電話をし終えた悟が彼らのもとへと近づく。

「警察、あと十五分くらいで着くってよ」

「そうですか。それなら戻りましょうか。瞑と燿君も行きますよ」

一世はそう言って振り向くが、燿は俯いたまま動かなかった。

「……なんで、ここに彼がいるってわかったんですか」

燿は俯いたまま一世に問い詰める。

顔を上げた燿の表情は硬く、強い眼差しを一世に向けていた。

張り詰めた空気に先に行こうとしていた悟は振り向いて足を止めた。隣にいた瞑も心配そうに燿と一世を見る。

「悟、先に行っててくれませんか」

一世は笑みを浮かべながら悟に言う。その笑顔には「案ずるな」という意味も込められていた。一世の意図を察した悟は「わかった」と一人で来た道を戻る。

そのやり取りの最中でも燿はじっと一世を見つめていた。

燿の気持ちをなだめるように、一世は諭す。

「私も彼の〝気〟を手繰っただけですよ。でも、百聞は一見に如かずと思ったので、君にもついて来てもらいました。君には、私たちのいる世界を知ってほしいですからね」

一世はそう言って燿に見えるように掌を差し出した。そして流花に見せたのと同じように、自分の霊力を手に込める。

「視えますか、燿君……これは〝気〟です」

燿は一世の手を見て思わず顔をしかめた。彼の手からぼんやりと青い光が出ている。けれどもいきなりこれが〝気〟と言われても、燿はすんなりと受け入れることはできなかった。

「〝気〟というのはその人特有のオーラと思えばいいでしょう。〝気迫〟とか聞いたことありますよね？　ちなみにこれは私が発している〝霊気〟です。これも〝気〟の仲間ですね」

先程一世は村元住職の〝気〟を手繰るように折り鶴にお願いしたと言った。あの時一世は自分の霊気と村元住職の〝気〟を混ぜて、彼のもとまで案内するだけの折り鶴を作ったということになる。

「といっても、私がここまでできたのもたまたま村元夫人が村元住職の腕時計を持っていたからです。他人の〝気〟を手繰るには、当人の〝気〟を把握しなければいけませんからね。〝気〟は物にも宿りますから、村元住職の〝気〟を手繰るには彼の腕時計で十分でした──あとは君も見ていた通りですよ」

そう言って一世は口角を上げる。

飛ぶ折り鶴。見つけた死体。そして、昨日の出来事。

これらの事々を一世は「私たちの世界」という。

こんな現実を突きつけられてもなお、燿は鵜呑みにすることができなかった。鵜呑みにしてしまうと、今まで自分が作り上げてきた常識が覆《くつがえ》りそうで怖かったのだ。

「お前の親父は霊媒師かよ」

頭を抱えて燿は暝に言う。

「実際、お祓いもできるしね」

暝は呑気に「あはは」と声を出して笑う。しかし、燿はいい気分ではなかった。冗談で言ったつもりが、まったくもって冗談でなくなったからだ。

「これがお前の家では日常的だっていうのか……」

すっかり自分だけ取り残された燿は深いため息をついた。ここはもうこの非日常を受け入れるしかないということだ。

彼らの力の凄さは十分理解できた。

けれどもこの力の感覚は、魔法というより呪いだ。

「ええ。確かに呪いに近いかもしれません」

突然答える一世の声に燿は肩を竦ませた。

「……俺の心を読んだんですか？」

キッと睨《ね》めつける燿に向け、一世はクスリと笑う。

「読めるとは少しニュアンスが違いますね……君の思念が教えてくれるのです。私には、それが視えるだけ」

その含んだ一世の笑みには変な緊張感があり、燿は唾を呑んだ。

「今回は〝気〟を手繰るように念じましたが、使い方を変えれば人を呪えます。だから、この力は呪いと表裏一体の存在だと言えるでしょう。でも、私たちは人より〝気〟に思いを込められるだけで、誰だって〝気〟を使っているのです。ただ、それに気づかないだけ。その力が顕著に表れるのが……名前です」

「名前？」

意外な言葉に燿は眉をひそめる。

「名前にはつけた人の思いが込められています。その強い思いこそが言の葉に力を宿し、言霊になりやすくする。中にはその名前に込められた言霊に縛られる者もいるでしょう。特に君の場合は、ね」

「俺が？」

目を丸くする燿に向け、一世は静かに頷く。

「闇を掻き消す光の力。それが君に込められた言霊の力です。君は〝陽《よう》の名〟の持ち主なんですよ」

「ようのな？」

あまりのややこしさに燿は聞き返す。

「〝燿〟は炎が高く踊り上がって輝く〝ひかり〟のこと。このように、君のような〝ひかり〟を表す字を持つ名前のことを、我々の中では〝陰陽〟から取って〝陽の名〟と呼ぶんですよ」

ここでいう〝闇〟とは主に呪いや陰気のこと。特に陰気の塊である霊的な攻撃——霊障をも払い除けることができる。

「おそらくこの体質は遺伝かと思います。君のご家族にもそんな人はいませんか？」

真顔で一世は燿に尋ねるが、燿には思い当たる節がなかった。もしかすると彼が知らされていないだけかもしれない。そもそも、こんな馬鹿げた話なんて誰も信じてくれない。

「本当に、そんなことがあるのかよ……」

誰にも聞こえないように燿はぼそりと呟いた。

彼はまだ疑っていた。無論、そのことは一世もわかっている。

だからこそ、一世はにこやかに燿に告げた。

「九割が仮説です」

「はっ⁉」

あまりにも無責任な言葉に燿は愕然とした。ここまで語っておいて信憑性がまったくないということだ。

「でも、一割は事実です」

「……事実？」

一世はコクリと頷く。

「悪霊になる一歩手前とはいえ、藤崎奈古という霊力の高い悪霊に取り憑かれたなら魂が蝕まれていてもおかしくないのです。私が除霊したとしても、なんらかの後遺症は免れないはず。それなのに、君は気を失っただけで無傷でした。そんなこと、普通の人ならあり得ません」

それこそが、彼の特異体質を物語っている。

「今回の一件について、私には奈古さんが君の体質に気づいてやったとしか思えないのです。霊障が効かない君になら取り憑いたとしても被害を最小限に抑えられる、とね。彼女が想定外だったことといえば……それがきっかけで君も霊媒体質になってしまった、ということですか」

奈古の力が強すぎたせいで魂が抜けた今でも燿の体内には彼女の思念が僅かに残っている。その影響で燿も折り鶴や霊気、霊魂が視えるくらい霊力が高くなってしまったのだ。しかも奈古が燿の波長に合うようにチューニングしてしまったため、彼女の思念は完全に燿と同化している。

「けれども、君は幽霊を信じてませんからね。だからこうして実践的に見せたのですよ」

微笑む一世に燿はぐうの音も出なかった。必死に反論しようと試みるが、説得力がありすぎて言葉が出てこないのだ。

そんな中、彼らの会話を遮るように一世のスマホが鳴った。

電話に出た一世は何度か相槌を打った後、「わかりました」と言って電話を切る。

「悟からでした。警察の人と少しお話をしてからこちらに向かうとのことです」

一世は涼しげな表情でスマホを作務衣のポケットに入れる。

「私はここで待ってますから、瞑と燿君は警察の方とのやり取りが終わるまで麓で待っていてください」

一世の指示に瞑は頷き、麓に足を向けた。

話を終えても燿の顔は相変わらず強張っていた。

そんな彼に向け、一世は声をかける。

「燿君。瞑のことを、よろしく頼みますね」

その目を細めたあどけない笑顔は瞑とよく似ている。

そんな屈託のない笑みを見せつけられすっかり調子が狂う燿だったが、頬を掻きながらも一世に会釈した。

麓に戻ると、道にパトカーが停まっていた。その横では事情を説明しているのか、悟が警察官と話している。

瞑と燿に気づいた悟は「弟と弟の友達です」と言うと、隣にいた警察官が深々と礼をした。

瞑と燿も警察官に釣られるようにお辞儀をする。それから彼らの邪魔にならないよう、一世に言われた通り道の隅に寄って待機した。

やがて説明が終わったのか、悟は警察官たちと、一世が待つ山頂近くへと再び入っていった。

その様子を燿は虚ろな目でぼうっと見つめる。

「大丈夫？」

燿が横目で見ると瞑が心配そうにしていた。いつもは落ち着いている燿なのに今は魂が抜けたかのようで、不安になったのだ。

そんな瞑に燿は訝しげな顔を浮かべる。

「お前は、いつもこんな生活をしているのか？」

「え？　う、うん……まあ、毎日じゃないけどね」

「毎日だったらたまったもんじゃないな」

燿はため息をつきながら、青々とした空を見上げる。

「燿は……昨日のことどこまで覚えてるの？」

突然瞑に問われ、燿は視線を向ける。

「藤崎の母さんに体を乗っ取られてから、お前が俺を矢でぶち抜くまで」

「あはは……なんだ。燿も俺のこと全部知ってるんじゃん」

瞑は力なく笑いながら、困ったように頭を掻く。

「もしかして、打ち抜いたこと怒ってる？」

「怒ってねえよ。だって、そうじゃなきゃ俺は助かってないんだろ？」

「なら、なんでそんなに不機嫌なんだよ」

「別に……元からこんなもんだよ」

燿はため息をつきながら暝を見る。

いつもとは違うその呆れ顔に一瞬暝はぽかんとしたが、すぐに笑った。

「お互い変な体質だよなー」

空気をぶち壊すように暝は陽気に笑い、バシバシと燿の背中を叩く。

「お前と一緒にするんじゃねえよ」

背中を叩く暝の手の鬱陶《うっとう》しさに、燿はしかめ面で払い除ける。しかし、彼の笑顔を見ているとなんだか気張っていた自分が馬鹿馬鹿しくなってしまい、燿も釣られるように笑った。


きっかけは、商店街に囚われた母娘。

この出来事を境に日常が変わっていくことを、彼らはまだ知らない。

五　真夜中剣舞

「お兄ちゃん！　お兄ちゃんってば‼」

朝っぱらから騒がしいと思いながら、燿は嫌々重たい瞼を開ける。

寝惚け眼で横を見ると、長い髪をツインテールで結んだ燿の妹、律《りつ》が彼の体を揺すっていた。

「やっと起きた！　もう、遅刻しちゃうよ」

律は「まったく！」と腰に手を当て、呆れたように息を吐いた。

「律……勝手に部屋に入るなって何回言えばわかるんだよ」

燿は不機嫌に眉間にしわを寄せながらむくっと起き上がった。

「だってお母さんが起こしてきてって言うんだもん。ほら、起きないと本当に遅刻しちゃうよ」

そう言って律は燿の布団をひっぺがし、無理矢理燿を部屋から引きずり出した。

今日も妹に起こされながら、燿の退屈な一日が始まろうとしている。

いつも通り朝食を食べ、バスに乗って登校。学校に着いてからはかったるい思いをしながら授業を受け、部活に行く。

変わったことといえば、あの日を境におかしなものが視えるようになったということ。燿がいつも通り麓与商店街の入り口前でバスを待っていると奇怪なものを視てしまった。白い服を着た髪の長い女が項垂れながらふらふらと道を歩いている。肌も異様なほど白いし、足は素足だ。この雰囲気だけで只者でないことを感じる。

その女は商店街に吸い込まれるように入っていった。あそこは陰気な空気が溜まっているから彼女のような者は引き込まれやすいのだろう。あの女は魂だけの存在、幽霊だ。こんなことが頻繁に起こるようでは、「霊寄」どころか「悪霊商店街」と呼んでもいいくらいだ。

あんな不気味な幽霊の姿を視ても燿は何一つ動揺しなかった。「なんかいる」程度には思っているが、それ以上は興味を持てないのである。

突然幽霊が視えるようになってまったく驚いていないといえば嘘になる。しかしこの体質になってしまったことを悩むのも面倒臭いのだ。

バスが到着する。

朝早い乗車のため、まだ乗客は少なかった。

後部座席の窓側に座り、ぼんやりと窓の外の景色を眺める。

その道中でも視えざる者は彼の視界を過った。青白い顔で俯きながら長い髪を風で靡かせる女性。道の端で体育座りをしながら動かない子供。今まで気づかなかっただけで、この世にはこんなにも亡き者の魂がさまよっている。その事実を彼は嫌というほど突きつけられてしまった。

その原因を作った輩がもうすぐ乗り込んでくる。

バスが「大棒寺前」で停まると、柄沢瞑が大きな欠伸をしながら乗り込んできた。

座席に座る瞑は腕をくるくる回しながら「いって〜」と小声で呟く。寝坊して悟に関節技でもかけられたのだろう。赤毛の髪は寝癖で立ったままである。


——燿君も変な体質なの？


不意に藤崎流花の驚いた声が燿の脳裏に過った。

あの事件が起こった数日後の放課後、瞑は改めて流花に燿と彼自身の体質のことを話した。

「とにかく、俺らのことは誰にも内緒ね」

瞑は口元に人差し指を当てながらそう言う。彼は周りに言って騒がれることを危惧しているようだ。

「言わねえよ。そもそも誰がこんな話を信じるっていうんだ」

呆れたように燿が言うと、瞑も「そうだよね」と苦笑する。

「でも、俺や燿の祓う力も同調するだろうから流花は俺たちと一緒にいたほうが安全だって父さんが言ってたよ」

「ふ～ん……こいつと一緒にいないといけないなんて、藤崎も大変だな」

「どういうことそれ⁉」

クワッと口を開けて突っ込む瞑を見て、燿は嘲るように笑う。

「そんなことないよ～」

流花は慌ててフォローを入れる。その彼女の優しい対応に瞑は「流石流花！」と親指を立てた。

「私も迷惑をかけないように頑張るから……よろしくね、二人とも」

流花は二人に向けてにっこりと微笑む。そんな純粋無垢な笑顔をされてしまったら燿もこれ以上何も言えず、調子が狂ったように頬を掻いた。

「というかさー、燿って最初に会った時と全然違うよね」

突然突っかかってくる瞑に燿は「あ?」と渋い顔をする。しかし、瞑は腑に落ちなそうに口をへの字にして首を傾げた。

「だって、最初は俺にもめっちゃニコニコしてくれてたじゃん。それが今はこんなにツンツンしちゃってさー」

瞑が不貞腐れるのも無理はない。燿は放課後になると明らかに態度が変わるのだ。他のクラスメイトには明るく振る舞うのに、今は無表情で口調も淡々としている。まるで人に無関心のような冷たい印象を与える。この温度差には瞑も戸惑いを覚えた。

「本当の燿はどっちなの？」

そう問いかける瞑に燿は顔色変えずに答えた。

「どっちも俺だよ。同じ人間なんていないんだから、全員に同じ態度取る必要なんてないだろ」

その答えに瞑は「そんなもんかなー」と頭を掻く。

と言いつつも、燿が若干《じゃっかん》演じているのは事実だった。クラスメイトや教師たちとある程度人間関係を作っておけば、面倒事に巻き込まれず、目立つことなく日々を過ごすことができる。それが彼の望みでもあった。

「あと……お前如《ごと》きに猫かぶるのが阿呆臭くなった」

「やっぱ俺だけ態度違くない⁉」

指を差しながら半泣きになる瞑を見て、燿は悪戯っぽく笑う。

そんな彼らのやり取りを、流花は微笑ましそうに見ていた。

〝内緒〟ねえ……。

窓の外を見ながら、燿は先日のことを振り返った。

瞑に言われた通り、自分の体質のことは家族にも話していない。それに、幽霊が視えるようになったくらいでは、彼の日常に然程《さほど》変化はなかった。いつも通りクラスメイトと話し、部活に行く。流花の他に瞑とも帰るようになったが、変わったといえばそれだけ。彼が望んでいた平凡な日常はそう簡単には脅かされなかった。

少なくとも、この時はそう思っていたのだった。

◆
◆
◆

五月も後半に入ったある日の放課後のこと。

部活が終わり、教室に戻ると瞑と流花しかいなかった。

燿は「ちょうどいい」と、いつもの淡々とした調子で彼らに告げる。

「お前ら、明日から体育館に近づくなよ」

突然顔をしかめながら燿がそんなことを言うものだから、瞑は首を傾げた。

「明日からって……高体連だろ?」

「高体連」正しくは全道高校体育大会。毎年六月頃に行われる北海道高等学校体育連盟による総合競技大会だ。大抵の運動部はこの大会が引退試合となるので、どの部も気合いの入れ方が違う。

勿論燿の所属する剣道部も明日からその大会の絹子川支部が始まるのだが、今回の当番校は木綿陸高等学校だった。

一方、文化部である流花と帰宅部の瞑は明日から午前授業でほとんどが自習だった。というのも他の運動部も大会で遠征に行っているので残っている生徒も少ないのだ。

「ということは、こっそりと燿の試合が見れるって訳だね」

瞑はニヤリと笑いながら目を輝かせる。それをさせないために「来るな」と言ったのだが、この感じだと何を言っても無駄そうである。

「藤崎……こいつの見張りを頼んだぞ」

「う～ん……期待しないほうがいいかも」

燿の請いに流花も頬を引き攣らせて笑う。燿もそれはわかっており、「だよな」とため息をついた。


そして翌日。

大会が始まった訳だが、燿の出番はすでに終わっていた。

初日は団体戦。一、二回戦は自分も先鋒として参戦していたが、次はいよいよ準決勝。

選抜メンバーの大半が引退する三年生だった。

けれども燿は、「ここまでだな」と思っていた。相手が昨年度の団体戦優勝校だったからだ。去年、木綿陸がこの学校と当たった時は実力差がありすぎて大将以外はまったく太刀打ちできず、ボロ負けだった。結局、大将が先鋒から四人抜きした末に大将戦で敗北。去年の大将ですら勝てなかったのだ。現大将はわからないが、他の選手では勝てる気がしない。

もうすぐ試合が始まる。周りの選手は緊張しており、面をかぶっていても強張っているのがわかった。

こんな調子で大丈夫なんかね。

燿は期待していなかったが、控え場所で選手たちを見守るふりをした。

ふと横を見ると、忙《せわ》しなく動く選手や教師に交じって学生服を着た男女の生徒がこっそりとこちらを覗き込んでいた。瞑と流花である。

燿の視線に気づいた瞑がぎくりと肩を上げたが、開き直ってこちらに手を振っている。当番校だから手伝いに入っている生徒も制服でうろついているから目立ってはいないものの、まったくもって隠れていない。

あいつら……バレて怒られても知らねえぞ。

燿は半目で彼らを見ながら、「やれやれ」と息をついた。

緊張した空気が会場に流れる中、瞑はわくわくしていた。

「剣道の試合なんて久しぶりに見るよ」

瞑の言葉に流花は「そうなの？」と意外そうな声をあげる。

「むしろ剣道の試合を見に行くことあるんだ」

「うん。兄ちゃんが剣道部だったからね。あれでも強いんだよ」

「そうだったんだ。確かにお兄さんは竹刀似合いそうだね」

微笑む流花だが、「でも……」と表情を曇らせる。

「もしかしたら燿君、この試合出ないかも」

「えー……。まあ、二年生だから、そりゃそうか。普通、三年生が出るよね」

燿の不参加の可能性に瞑も流花も残念に思う。

そうしているうちに準決勝が始まった。

選手たちが向かい合い、一礼する。

団体戦は勝ち抜き戦。試合時間は五分で三本勝負だ。

早速木綿陸の選手が大きく竹刀を振りかぶる。先手を取る気だったようだが、残念ながら相手に見切られていた。相手は上手く竹刀を避け、カウンターで小手を食らわす。審判が旗を挙げたので、一本入ったようだ。

「なんか、雲行きが怪しいね……」

瞬殺で一本取られた。この先鋒の動きだけでも、相手校の格の違いがひしひしと伝わる。

「うちの高校って剣道強いの？」

暝に問われ、流花は「う〜ん」と言葉を詰まらせる。

「前は全道大会に出てたらしいけど……燿君は『今は全然強くない』って言ってた」

「見た感じ、そうかもしれないね……」

試合の運びを見ていると、暝もそう感じざるを得なかった。

そうこうしている間に先鋒が負け、次鋒が負けとあっという間に中堅になった。

流石に中堅まで行くと相手の先鋒も疲れが見え始め、中堅が辛勝した。その勢いに任せて相手の次鋒も倒すが、中堅同士の戦いではそうもいかない。

結局相手の中堅に敗れ、木綿陸の選手は残り副将と大将のみ。

一体どこまで粘れるのか……。

暝と流花も固唾《かたず》を呑んで見守る。

副将も果敢に攻めるが、相手の中堅の勢いは凄まじかった。こちらの副将も一本は取ったが、そこから巻き返されて結局二本取られた。

残るは大将のみである。

取られたら敗北。

しかも、相手はまだ中堅。

そんなプレッシャーを一身に抱えながらも、木綿陸の大将は戦場に立つ。

竹刀を構えただけでも、大将から放たれた気迫は違っていた。

追い詰められているのは木綿陸のほうなのに、相手校のほうが怖気ついているように見えた。

その隙を、彼は逃さない。

素早く相手に近づき、竹刀を振り下ろして相手の面を叩く。

審判が旗を上げる。面一本だ。あまりの速さに瞑も流花も、相手の選手ですらも目で追えていなかった。

相手校の選手は気を取り直して二本目を構える。だが、せめぎ合いをしてもすぐに払われ、一瞬の隙をつかれて一気に叩き込まれる。防ぐこともできず、瞬く間に敗北だ。

木綿陸の反撃が始まる。

これまで相手校が優勢を保っていたのに、ここに来て立場が逆転した。大将の選手としての質が他の選手と比べ物にならないほど強いのだ。パワーも勿論あるのだが、何よりも足さばきと竹刀の振りが圧倒的に速い。頭ではわかっているのに、彼を止められないのだ。

木綿陸の大将は勢いにのって副将を引きずり出す。そして、相手校の副将ですら手も足も出ずに終わってしまった。

残りは大将戦。勝てば決勝、負ければ敗北。緊迫した空気が相手校からも流れる。

このプレッシャーにも木綿陸高の大将は動じない。

竹刀がぶつかり合う。

相手校の大将が素早い面を叩き込むが、呆気なく木綿陸の大将に防がれた。

お互いジリジリと距離を詰め、面の奥で睨み合いが続く。

しかし、木綿陸の大将が気迫で押し切り、すぐに面を打った。これも鮮やかな一本である。

「何あの大将……強すぎない？」

この圧倒的な強さに瞑も度肝を抜かれた。目を凝らし、防具の垂れについている名前を見る。そこには『花加《はなか》（剣）』と書かれている。

「ハナカ？　珍しい苗字だね」

彼の名前を呼ぶと、流花は「ええ⁉」と驚愕した。

「大将って花加君だったの⁉」

「流花、知ってるの？」

「知ってるも何も花加君は二年生だよ。三組の花加剣也《はなかけんや》君。去年同じクラスだったんだ」

「マジで？　あんなに強いのに二年なの？」

流花の言葉に瞑も目を丸くする。

そうしているうちに体育館で拍手が巻き起こった。準決勝が終わったのである。

勝ったのは——木綿陸高等学校。

大将・花加の鮮やかな三人抜きだった。

この試合運びに相手選手はおろか、木綿陸の生徒も愕然としていた。しかし、試合を終えた剣也は落ち着いており、礼をした後でも決して舞い上がることはなかった。

控え場所に戻り、剣也は面を外す。露わになったその顔は剣道部らしい短い髪に、目鼻立ちがくっきりしていた。

剣也は短い髪を掻き上げ、ふぅと一息ついた。これだけの逆転劇を繰り広げても、剣也は涼しい顔をしていた。

「すげーな。全然疲れてるように見えない」

剣也の様子に瞑は感心する。隣で流花も「凄いねー」と目を輝かせている。

その時、体育館でアナウンスが鳴った。本日分の試合が全部終わったのである。明日は個人戦。団体戦の決勝は二日後だ。

他校の選手も続々と帰る準備をし始めたので、瞑たちも教師に気づかれないうちに帰ることにした。

瞑は振り向きざまにもう一度剣也の姿を見た。周りの選手に肩を叩かれ、讃えられている。しかし、勝利を掴んだはずのその瞳は虚ろで、死んだ魚のようだった。

こいつ、本当にやりやがった。

試合を終えた剣也を見て、燿は頬を引き攣らせた。

剣也が強いことはわかっていたが、三人抜きするとは思ってもいなかった。彼からしてみれば、昨年度の優勝校も敵ではないらしい。

ふと、燿は去年のことを思い出す。


──みんな、ごめん！


大将戦で負けた時、当時の木綿陸の大将が頭を下げた。

不甲斐なかったのは彼でなく、相手校に手も足もでなかった他の選手だったのに、彼は誰も責めようとしなかった。

「この借りは、個人戦で返すから！」

悔しそうに歯を食いしばる大将の顔が今でも脳裏に焼きついている。そしてその後に本当に個人戦で優勝し、Ｖサインした笑顔も忘れられない。

去年の大将が成し遂げられなかった雪辱を果たしたはずなのに、剣也の目はどこか遠く、満足していないように思えた。

剣也は普段から口数が少なかった。去年燿も彼と同じクラスだったのだが、休み時間も喋《しゃべ》らずに窓の外を見ているだけだし、口を開くのは、授業で教師から答えを当てられた時だけ。部活動でもそれは同じで、剣也は必要最低限のことしか喋らない。今もどんなに周りから讃えられても剣也は「はい」と短く答えるだけ。

それは帰り道でも同じで、チームメイトと帰っている時も剣也は一言も喋らなかった。浮かれているのは他のチームメイトで、「決勝進出祝いしよう！」と騒いでいる。

「千倉と剣也はどうする？」

二人も部長に誘われるが、燿は「疲れてるんでいいです」と笑顔を浮かべながら断った。一方剣也も「俺も遠慮します」ときっぱり断る。しかしチームメイトも彼らが断ることは予想していたようで無理強いはしなかった。

チームメイトと別れ、燿と剣也は同じバスに乗って家路に着く。

バスに乗っても二人は無言だった。お互い窓の外の景色を眺めているだけで、顔を合わせもしなかった。

彼らが決して不仲だということではない。二人とも必要以上に人と関わろうとしないのだ。ただし、人間関係を面倒臭がるだけの燿とは違い、剣也は人を寄せつけない独特な雰囲気があった。協調性なんて言葉は剣也にとって無縁な物だった。今もこうして虚ろな目で時が経つのを待っている。

バスから降りた剣也は寄り道せずに真っすぐ自宅へと向かう。

携帯音楽プレーヤーで音楽を流しながら、交差点の信号を待つ。

彼はこうして音楽を聴くことで外界をシャットアウトしていた。音楽を聴いていると自分の世界に引き籠ることができる。車のエンジン音も、雑踏の音も、何もかも聞こえない。

ただ、電柱の下にある花束だけは敢えて見ないようにしていた。

信号が青に変わる。

交差点の横断歩道を渡った所にあるマンションが彼の家だった。

鍵を開けて、部屋の中に入る。人の気配がないので母親は外出しているようだった。彼を待っていたのは愛猫のスコティッシュフォールドだ。赤い首輪をつけた白い短毛の猫で、剣也の顔を見ると「にゃー」と小さく鳴いた。名をコテツという。

剣也は制服のままソファーに寝転がった。少し仮眠を取ろうと思ったのだが、コテツがそうはさせなかった。剣也の腹の上に乗り、じっと彼を見つめる。

仕方がなく剣也はコテツの頭を撫でる。

撫でられたコテツは嬉しそうに目を細め、ゴロゴロと喉を鳴らした。

満足したコテツは剣也から降りた。

「やっと行った」と剣也は瞼を閉じた。

コテツの首につけた鈴がチリンと鳴る。横目でコテツを見ると、彼は奥の和室にいた。コテツは仏間の前にある座布団の上に寝転がっていた。

このまま寝ていたいのに、座布団でくつろぐコテツが気になる。

剣也は大きくため息をついてソファーから起き上がった。そして和室へ向かい、座布団の上にいるコテツをそっと持ち上げた。

急に抱かれコテツはビクッと身じろぎしたが、座った剣也の太ももに置かれるとそのまま背中を丸くした。どこかに行くと思ったのにすっかりコテツにくつろがれてしまい、剣也は困ったように頭を掻いた。

ふと顔を上げると遺影の写真が目に入った。厳めしい祖父と穏やかに笑う祖母の他に、剣也とよく似た少年の遺影も置かれていた。ただし、似ているといっても遺影の少年は剣也とは違い、満面の笑みを浮かべている。

彼の名は花加刀也《はなかとうや》。剣也の二つ上の兄である。

そもそも彼らの名前に「刀」と「剣」が入っているのも、剣道場を開いていた亡き祖父が剣道にあやかってつけたからだった。

このマンションに住む前は祖父母と共に住んでおり、花加兄弟は幼少期の頃から祖父に剣道を習っていた。

特に兄の刀也は剣道が大好きだった。小学生の頃から明らかに格上の中学生や高校生に勝負を挑んだり、休みの日でも力尽きるまで弟の剣也と竹刀を振っていた。一日中剣道のことしか考えていないから、刀也の友人は彼のことを「剣道馬鹿」や「戦闘民族」と呼ぶこともあった。

実際、刀也は剣道の実力も申し分なかった。地区大会ではほとんど負けることなく、全道大会の常連選手でもあった。それほどまで強いのに彼は決して天狗にはならず、自分や相手の研究に励んでいた。

また、人の悪口も言わず、そして持ち前の明るさで部員に慕われていた。だから彼は中学校も高校もずっと部長で、団体戦でも最後まで大将の座を守っていた。

刀也は剣也にとって誇りであったが、いつかは超えたいと思っていた。だが、何百回、何千回と勝負を挑んでも、剣也は一度も刀也に勝つことができなかった。

——しっしっし。また俺の勝ちだな、剣也。

剣也が手合わせで負けるたびに、刀也は歯を見せて笑う。

そんな彼も、もうこの世にはいない。

一年前のこの季節、刀也は自宅前の交差点で左折してきたトラックに轢《ひ》かれ、呆気なくこの世を去った。横断歩道を歩いていた女子高生を庇ったらしい。

事故の原因はトラックの運転手による不注意だったが、歩行者にも過失がない訳ではなかった。彼女はスマホを見ながら歩いていた。トラックの運転手が気をつけていれば、彼女が余所見《よそみ》をしていなければ、防げたかもしれない事故である。正義感のある刀也らしい最期だったが、剣也はやる瀬なくて仕方がなかった。

花加刀也の死を嘆いたのは剣也の家族だけではなかった。刀也の葬儀の時は彼の友人やチームメイトらが声を出して泣いていた。

だが、それも数日間だけの話。剣也の忌引が明け、次に学校へ来た時は代わり映えのない日常に戻っていた。いつも通り授業を受けて、部活へ行って、帰って、寝る。刀也のクラスメイトも顧問も、部活仲間でさえ兄のことなど触れもしない。そしてクラスにあった刀也の席だって、いつの間にか消えていた。あとは取ってつけたように、卒業式で刀也の名前が出てくるだけ。

その光景を見て、剣也は気づいてしまった。

花加刀也がいてもいなくても、この世界は何も変わらないということに。

どうせ世界が廻るのなら、存在を忘れられるなら、何も関わらなくていいのではないか。

いつしか剣也の中でそんな感情が芽生えていた。

それ以来、彼は孤独を好むようになってしまった。他人とのコミュニケーションなんてあっても意味がない。今となっては、彼の友達は外界を閉ざしてくれる携帯音楽プレーヤーくらいである。

それでも剣道をやめられないのは、未だに刀也に勝ちたいと思っているからだ。今日だって刀也ができなかった偉業を成し遂げたが、それでも刀也を超えた気がしなかった。

「兄さん……」

遺影を見ながら、剣也は小さく呟く。

だが、遺影の中の刀也は笑顔を浮かべるだけで何も応えない。

その代わり剣也の太ももの上にいるコテツが「にゃー」と鳴いた。

剣也は虚しく思いながらも、そっとコテツの頭を撫でた。

◆
◆
◆

あれから一週間。

後日行われた団体戦決勝戦にも見事勝利し、全道大会の切符を手にした木綿陸高等学校。

それなのに燿の気分は重かった。

きっかけは、部活の終わりに声をかけてきた部長の一言だった。

「お前、副部長なんて興味ないか？」

「副部長……ですか」

燿は必死にどう断ろうか考えた。

全道大会が残っているとはいえ、そろそろ二年生である彼らが剣道部を引き継がなければならない。けれども、燿は自分が副部長の器ではないと思っているし、何より面倒臭いと感じている。

「俺なんかより、田中《たなか》や鈴木《すずき》のほうが向いてるんじゃないですか？」

ひとまず同輩の名前をあげてその場をやり切ろうとする。

「まあ、その二人でもいいとは思ってるんだけどさ……でも、なあ？」

部長は半笑いしながら燿に同意を求める。

燿にも彼がどうしてここまで悩んでいるのか見当がついていた。彼は実力で副部長を選んでいるのではない。誰が一番奴とコミュニケーションを取れるのかで選んでいるのだ。

奴というのは他でもない、花加剣也だ。二年生にして大将。三年生を含んだとしても彼の実力は部内一だ。顧問ですら彼を部長候補だと思っている。けれども彼を部長にするとどうしても懸念材料が残る。無論、コミュニケーション能力だ。

「あいつ、本当に喋らないから何を考えているかわからなくて……お前、剣也と去年同じクラスだったんだろ？　千倉は気が利くし、どうにかあいつのサポートできないかなって思って」

気が利く。一体彼は自分の何を見てそう思っているのだろう。この見込み違いに燿も苦笑する。

「部長。絶対田中と鈴木にも同じこと訊いてるでしょう?」

「あはは、バレたか。流石千倉だな。でも、正直他の二人もお前と同じようなリアクションだ。まあ、部長と副部長の交代にはまだ時間があるからよ、とりあえず頭の隅っこに置いておいてくれよ」

部長は「な?」と燿の肩を叩いた。

燿は「考えておきます」とお茶を濁したが、この問題はそう簡単には逃れられない。ただ、無事に自分が副部長候補から外れることを祈るだけだ。

憂鬱に思いながら教室に戻ると流花と瞑が向かい合ってノートと教科書を開いていた。

「あ、燿だ。お疲れー」

「お前らまだいたのか……帰宅部と部活休みの奴がこんな時間まで何してるんだよ」

燿が二人のノートを覗き込むと古文の現代語訳を行っていた。一足先に訳を終えた流花が瞑の手伝いをしていたのだ。

「お前も教えながらやるなんてご苦労なこったな」

「ううん。こっちも勉強になるからいいの」

謙虚になる流花の隣で瞑が「それほどでも」と頭を掻く。勿論、燿は微塵も瞑を褒めていない。

「まったく……藤崎、今度柄沢になんか奢ってもらえよ」

呆れながら燿は自分の席に座る。

ふと横を見ると、瞑と流花がぽかんとしながら燿の顔を見ていた。

「……なんだよ」

表情が固まる二人に燿が尋ねると、二人とも不思議そうに顔を見合わす。

「だから、どうしたんだって」

奇怪そうな様子の二人に燿も語気を強める。すると瞑が「いや〜……」と苦笑しながら頭を掻いた。

「燿、つかれてるよ」

「部活が終わったばかりなんだから、疲れるのは当たり前だろ」

「いや、そうじゃなくて……幽霊に憑かれてるよ」

「は⁉」

突然瞑が自分の背後を指差すものだから、燿も慌てて後ろを向いた。

飛び込んできたその光景に燿は思わず息を止めた。

瞑の言う通り、自分の背後に剣道着を着た少年の霊がぴったりとくっついていたのだ。

その少年は短い髪で目鼻立ちがくっきりとしており、花加剣也によく似ていた。

この少年を、燿は知っている。剣道部前部長で、一年前に亡くなった花加刀也だ。

刀也は腕を組みながら真顔でぶつぶつと呟いていた。

「鈴木はムードメーカーだけど、マネージャーと付き合いだしてからたるんでるしな……となると田中がいいのかなー。でも、あいつは敢えてフリーにして陰で支えてもらったほうがいい気もするし……」

彼が思い悩んでいるのは見て取れるし、燿には彼がなぜ悩んでいるかもわかっていた。

「あの……刀也先輩？」

苦笑しながら燿は刀也に声をかける。

刀也は一瞬チラッと三人を見たが、まさか三人とも自分を注視しているとは思わず、

「わっ！」と声をあげた。

「え、千倉？　それに、二人も俺のこと視えるの？」

「えっと……残念ながらはっきりと」

燿に同意するように暝と流花も深く頷く。

「マジで？　よかったー‼」

自分の姿が三人に視えるとわかってか、刀也の喜びが膨らみ、感嘆の声をあげた。

「なんだよ千倉ー！　お前、視えるなら言ってくれよ、水臭いなー！」

今までの思い詰めた顔はどこへ行ったのやら、刀也は屈託のない笑みを浮かべる。その幽霊とは思えない陽気さに暝も流花もすっかり固まってしまった。

その中で、燿一人が動揺する。

「な、なんで刀也先輩がこんな所に……」

信じられないと目を丸くする燿だが、当の刀也は呑気だった。

「格技場にいた幽霊の女の人が教えてくれたんだよね。ほら、去年、部活中に『女の人を視た』って騒いでいた時期あっただろ？」

「ああ……ありましたね、そんなこと」

「その人が『千倉に憑ければ格技場以外にも移動できる』って言ってたからやってみたのさ。そしたらマジでできちゃってびっくりしたわ」

ケラケラと笑う刀也をよそに燿は考えていた。

「もしかしてその女の人……髪の毛が長くてちょっと茶色っぽい、四十代くらいの人でした？」

「あ、そうそう。何、お前にも視えてたの？」

「いや、視えてないです……その時は」

意味ありげな燿の言葉に刀也は首を傾げる。

刀也の言う幽霊の女性に燿は心当たりがあった。藤崎奈古だ。彼女はこれまで何度か彼に憑いていたと話していた。その時に格技場までついて来たこともあったのだろう。けれどもそこで刀也と知り合うとは、幽霊同士のコミュニティまでは想像できなかった。

刀也がここまで来た理由はわかった。しかし、燿が知りたいのはそんなことではない。

「なんで成仏してないんですか！」

語気を強める燿に刀也だけでなく、その場にいた瞑と流花もたじろいだ。

「刀也先輩が死んでからもう一年も経つんですよ！　なのに、なんでまだこんな所にいるんですか！」

燿は眉間にしわを寄せ、刀也に詰め寄った。そばにいた瞑が「まあまあ」となだめるが、決して燿は退かなかった。

「そんなこと言ったって……気づいたら格技場にいたんだよ」

困ったように刀也は頬を掻く。

「格技場から出ようとしたんだけど、視えないバリアーみたいなのが張られてて出れなくてさ。だから仕方なくずっと格技場にいたって訳」

刀也の言葉に瞑が反応を示す。

「それって、もしかして地縛霊になってない？」

「地縛霊？」

瞑の言葉に刀也は不思議そうに繰り返す。

「多分、刀也さんは格技場に魂ごと囚われているんだよ。今は燿に憑いているからいいけど、多分刀也さんの霊力も未発達だから時間が来たら自動的に燿から剥がれてまた格技場に戻っちゃうと思う」

「へー、そうなんだ。君、詳しいね」

説明する瞑に刀也は感心するように頷く。

そんな呑気な刀也を見て、燿は呆れてため息をついた。

「刀也先輩、亡くなったのは交通事故ででしょう？　それがなんで格技場にいるんですか」

「さあ？　覚えてないけど、やっぱり剣道が好きだからじゃないの？」

刀也は「しっしっし」と歯を見せて笑う。

「なんであなたは焦らないんですか……幽霊としての自覚あるんですか？」

その能天気な態度に燿は頭を抱えた。後輩として刀也のメンタルの強さは知っていたとはいえ、ここまで楽観的な態度をされるとどうすることもできなかった。

そんな中、今まで大人しく様子を眺めていた流花がまごつきながらも刀也に尋ねた。

「えっと……この世に留まってるってことは、何か生前やり残したことがあるってことですよね？」

その問いにあれだけにこやかだった刀也から表情が消えた。

空気が重くなる。しかし、突然瞑のスマホが震えだし、その空気も一瞬にして壊された。

「やっべ！　兄ちゃんだ！」

着信相手に瞑の顔は青ざめる。時計を見るともう十八時近い。

瞑はそっと三人から離れ、おっかなびっくりスマホを耳に当てた。

「てめえ……今どこにいる……」

低音で突き刺すような悟の声は、電話からでも殺気を帯びているのがわかる。

「遅くなるんなら連絡しろって言ってるだろうが。飯いらねえのか、てめえは」

「すいません。すぐに帰ります」

イラついている悟に瞑は彼がいないのにもかかわらず深々と頭を下げた。

瞑の見事な九十度の礼に流花の頬は引き攣り、燿は白けた眼差しを向けている
そのやり取りの最中、いつの間にか静かになった隣に燿はハッとした。今までいたはずの刀也の姿がどこにもいなくなっていたのだ。

「刀也先輩？」

不安になった流花もいなくなった刀也を探そうとする。しかし、燿が「探さなくていい」と彼女を止めた。

「……いないなら、いないでいい」

燿はそう言って自分の鞄を肩にかける。

「悟さん、怒ってるんだろ？　帰るぞ」

燿はそう言って先導するように教室を出る。だが、その表情はどこかピリピリとした憤

りがあり、近づきがたい。

そんな彼の様子を流花は心配そうに見つめていた。

◆◆◆

それからというもの、燿は刀也のことが四六時中頭から離れなかった。普段は一切悩まない彼だが、今回の件に関しては授業中も彼が成仏しない理由を考えていた。

思いに耽《ふけ》ったまま、部活動まで時が流れる。

「千倉と花加、手合わせしてみろ」

顧問に言われ、剣也と燿が向かい合わせになる。

剣也が竹刀を構えた時、燿には彼が刀也に見えた。背丈もそうだが、放つ気迫も刀也と似ていた。垂れについている苗字も刀也と同じだ。

しかし、今、目の前にいるのは花加刀也ではない。

姿が似ているからこそ、燿は剣也を見ているとイラついてしまった。

自ら独りを選び、人を寄せつけない。そんな孤立感を漂わせる剣也が燿は気に食わなかった。

その苛立ちを竹刀に込めて、剣也に向けて振り下ろす。

いつもとは段違いのパワフルな打撃に剣也は息を呑んだ。それだけではない。今の燿からはただならぬ気迫を感じる。

燿は攻める。とにかく攻める。

剣也の放つ気迫にも怖気づくことなく、ただひたすら竹刀を振る。それはもう、剣也に攻撃の機会を与えないくらいにだ。

その勢いには怒りの感情も込められていた。しかし、剣也にはどうしてここまで燿が怒っているのかわからなかった。

そういうところが、気に食わないんだよ。

驚きながらも軽々と自分の攻撃を受け止める剣也を燿はギロリと睨みつける。

残り一分。燿の怒涛の進撃はやまない。

しかし、こんなに攻めても、こんなに怒りをぶち込んでも、剣也は涼しい顔をしている。

自分の気持ちなんて彼は気づいていない。

それでも燿は竹刀を振る。しかし、大きく振りかぶる分、燿の動作には隙があった。それを剣也は見切っていた。

燿の竹刀を受け流し、カウンターの如く面を打つ。鮮やかな逆転だ。

「くっそ……」

燿は眉間にしわを寄せるが、途端に足の力が抜けた。胸が痛くなり、気づけば燿は膝を折って床に跪いていた。

「どうした千倉! 大丈夫か?」

顧問が心配して燿に駆け寄るが、燿は首を振った。

「大丈夫です……二本目、お願いします」

燿は闘志を燃やすが、体はついていけていなかった。立ち上がるが足はがくがくと震えており、竹刀を構えた姿勢もふらついている。

「そんな状態で打ち合いになるか。休んでこい」

力尽きている燿の姿に顧問はそう諭す。

燿は言われるがままに壁際に行き、その場で座り込んだ。面を取るが頭も熱く、力も入らず項垂れたまま動けなかった。

久しぶりに本気を出してしまった。いや、本気というよりは、感情に任せすぎて周りが見えていなかったというのが正しい。自分の持久力のことも考えられてないし、全然冷静になれていない。無駄に暴れて自滅しただけ。だから剣也に手も足も出ないのだ。実力の差が歴然なのもわかっている。けれども、今だけは剣也に勝ちたかった。

燿の作った拳が震える。

悔しい。

今まで抱いたことのないこの感情を、燿は必死に押さえ込む。

「よっ！」

場にそぐわないその明るい声に燿はゆっくりと顔を上げた。

「……刀也先輩？」

そこには、昨日消えた刀也がいた。瞑の言う通り、彼は縛られている格技場に戻っていたのだ。

「珍しいね。千倉があんなに攻めるなんて」

「……見てたんですか？」

「ああ。いつもとスタイル違ったから剣也の奴も驚いてたろうよ。でも、よかったんじゃないのか？　俺、千倉はパワーあるのに攻めないの勿体ないってずっと思ってたんだよ。いい線行ってたんだから、そう気を落とすなって」

刀也は慰めるようにポンっと燿の肩を叩いた。その手は氷のように冷たく、生気を感じない。

肩に冷たさを感じながら、燿は刀也を見つめる。

「──どうしたんですか？　それ」

燿のその虚ろな眼差しは刀也の手首に向けられていた。

刀也の手首には真っ黒な靄が枷《かせ》のようについていた。よく見ると両足首にもついている。

「そんなの、昨日はついてなかったじゃないですか」

燿の問いに刀也は両手をかざし、力なく笑う。

「俺にもよくわからない」

そう言う刀也の顔は悲しそうで、どこか遠くを見ていた。

刀也の曇った表情に燿も途端に怖くなった。このままだと刀也も奈古のように悪霊に堕ちていくのだろうか。いや、そうなる前に瞑が止めるのか。

「魂が囚われるってこういうことなのかな」

切なく呟く刀也に燿は何も返せず、悔しさで歯を食いしばる。

早すぎた死。剣道への思い。どれもこれも刀也がこの世に留まる理由になり得る。しかし、どれを取っても燿には手助けできないことばかりだ。

「俺……これでも刀也先輩のこと尊敬してたんですよ」

剣道への情熱。底抜けの明るさ。そしてどんなに強くても決して威張らない謙虚さ。人としても剣士としても、燿は彼のことを敬っていた。だからこそ、少しでも刀也の力になりたいのに、無力な自分が情けなかった。

燿の告白に刀也は少し驚いたように目を瞠ったが、やがて破顔した。

「……ありがとな」

刀也は静かに答えると、透明になって音もなく消えていった。しかし、これが成仏ではないことは燿もわかっていた。

「畜生……」

　項垂れながら燿は小声で呟く。その声は誰にも聞こえず、竹刀のぶつかる音に交じって消えていった。


　部活が終わって更衣室で着替えている時も、燿は刀也のことを考えていた。

　一人、また一人と剣道部員が更衣室から出る。残るは燿と剣也だけだ。

　帰る前に燿がふと剣也を見ると、剣也は虚ろな目でシャツのボタンをかけていた。ていた。生気をまったく感じず、どこか遠くを見ている。そんな活力がない剣也を見ていると燿は怒りがたぎってきた。

「そんな顔されたら、刀也先輩が成仏できる訳ないだろ」

　燿は無意識のうちにそうこぼしていた。その声は剣也にも聞こえており、尻目に睨みつけてくる。

「……兄さんが、なんだって?」

　剣也の声は燿を威嚇するように低い。それでも燿は怯まない。

「お前のその目がムカつくんだよ。自分だけが悲しいと思いやがって……」

　花加刀也は、この剣道部の太陽だった。だから、彼の突然の死はこの剣道部に衝撃と深い悲しみをもたらした。

た。刀也のことを嫌う者は一人もいなかった。誰もがあんな強い剣士になりたいと思ってい
だった。刀也を目標にしていたのは、何も剣也だけではない。それほど彼の存在は大きいものだった。どん底にまで沈んだ剣道部に以前のような明るさはない。
「みんな刀也先輩の死を乗り越えようとしてるんだよ。それなのにお前はいつまでもうじ
うじしやがって!」
燿が剣也に憤りを感じている理由はそこだった。剣也は刀也がいない寂寥感に耐えられ
ず、こうしていつまでも暗いままだ。それに加えて「自分なんていなくてもいい」と自ら
孤立している。そんな弟の姿を見せられて、刀也が成仏できるはずがない。
「お前がそんなんだから刀也先輩は――」
そこまで言ったところで剣也が燿の顔面を殴った。
その衝撃に燿は数歩退いてよろける。
痛みを堪えながら燿が剣也を見ると、剣也は額に青筋を張らせ、目を吊り上げていた。
「俺がどうだっていうんだよ」
燿を殴った剣也の拳は怒りで震えていた。
「お前に俺の何がわかるんだよ!」
剣也が声を荒らげる。初めて聞いた怒声は身震いをするほど凄まじい迫力を感じる。け
れども燿は屈せずに剣也に殴りかかった。

「そういうところなんだよ！」

燿の拳が剣也の頬に当たる。一瞬よろけた剣也だが、そのまま素早く燿の両肩を掴んだ。

剣也は両肩を掴んだまま燿を壁に打ちつける。その衝撃で燿は後頭部を壁に打ち、短く唸った。

「俺の前で兄さんの名前を出すな」

剣也の刃《やいば》のような鋭い眼差しに燿は思わず息を呑んだ。しかし、ここまで剣也が殺気立っていても燿は退かなかった。

「そうやって刀也先輩から逃げてるから、いつまで経ってもお前はそのざまじゃねえか！」

燿が煽るように捲し立てると剣也は「なんだと？」と眉を上げた。

剣也が見せたその一瞬の隙を燿は見逃さなかった。がら空きの腹部を蹴り、剣也を押し退ける。

当たりどころが悪く、剣也は咽せてその場でしゃがみ込んだ。苦しそうに咽せる剣也を見て、燿は蔑んだ目で彼を見下ろす。

「刀也先輩はもう死んでるんだ。いい加減前向けよ！」

「そのくらいわかってるよ‼」

剣也は腹部を押さえながらも立ち上がり、燿の胸倉を掴んだ。

だが、二人の殴り合いも更衣室の扉が開かれたことで強制終了となった。

「な、何してるんだよお前ら！」

扉を開けた二人の同級生・田中《たなか》ハジメが驚いて目を丸くする。その後ろには鈴木大伍《すずきだいご》もいて、慌てて二人に飛びかかった。

二人でそれぞれ燿と剣也を羽交《はが》い絞《じ》めにして、彼らを引き離す。しかし、引き離しても燿と剣也の睨み合いは続いていた。

二人の異様な空気感に田中は困ったように息をつく。

「これはまた……珍しい奴らが喧嘩したな」

更衣室で大声がするから戻ってきた二人だが、声をあげているのがまさか同級生同士だとは思っていなかった。それも面倒事を嫌う燿と無口な剣也が。そんな二人がお互いの胸倉を掴む理由が彼らには想像できなかった。

「どうしたんだよお前らー。千倉なんて口切ってるじゃん」

「うるせえ鈴木。離せ」

「あ、はい」

不機嫌な燿に怖気ついた鈴木はすぐに手を離す。飛びかかるかと思って一瞬構えた田中だが、燿は乱れた襟元を直すだけで何もしなかった。その様子に田中もホッと胸を撫で下ろし、自分も掴んでいた剣也の腕を離す。

「で、何があったんだ？」

田中は二人に尋ねるが、燿も剣也もお互いを睨むだけで何も言わなかった。

口を閉ざす二人に田中は困り顔で息を吐く。

「とにかく今日はもう遅いし、帰ろうぜ」

田中はなだめるようにそう言うが、燿も剣也も無言だ。顔も見もせず更衣室を出る。

そんな気まずい空気の中、田中と鈴木は助けを求めるように視線を送りあっていた。


剣道部で喧嘩があったという噂は一日であっという間に広まっていた。主な原因は鈴木だ。「昨日やばかったんだぜ」と田中が口止めする前にクラスメイトに話したからだ。

鈴木が昨日の出来事を広めなくても、燿の湿布を貼った頬を見れば何かあったことは一目瞭然だった。いつもは笑顔で振る舞う燿も今日はずっと黙り込み、誰も彼に近づこうとはしなかった。

「随分派手にやったたね」

暝は小声で尋ねるが、燿は耳を貸さなかった。

「一体何があったのさ、燿らしくない」

さらに尋ねても燿は騒がしい廊下を見るだけで口を開く気配はない。

これは、そっとしておいたほうがいいかも。

瞑は頭を掻きながら、机に突っ伏す。

「……なあ、柄沢」

突然燿に声をかけられ、瞑は顔を上げる。

「頼み事……聞いてくれるか?」

燿は廊下を見つめたまま瞑に請う。

燿からの初めての頼み事に瞑は小首を傾げるが、その声がいつになく真剣だったので瞑はすぐに頷いた。

◆◆◆

部活動が終わると、あれだけ響いていた竹刀のぶつかる音が嘘のように格技場は静まり返る。

そんな誰もいない薄暗い格技場で刀也は一人蹲っていた。

——何か生前やり残したことがあるってことですよね?

不意に刀也の脳裏に流花の言葉が甦る。

やり残したこと。

そんなこと、いっぱいあって決められなかった。

もっと、剣道をしたかった。友達と一緒にいたかったし、家族といたかった。このまま受験して、大学に進学して、それで就職して、いつかは年老いて死ぬものだとばかり思っていた。

それなのに俺は――……。

そう思うと、刀也は途端に虚しさに襲われた。

そんな彼の思いに反応するように四肢についた黒い靄はどんどん大きくなっていった。頭《かぶり》を振って陰鬱な気持ちを振り払う。しかし、大きくなる黒い靄を見ていると刀也は不安で仕方がなかった。この闇に呑み込まれたら自分はどうなるのか。それこそ、本当に魂が囚われて闇に消えていくのだろうか。そんな予感がしてならない。

刀也は小さく体を縮こませた。

闇に呑まれるのが怖い。けれども、何をすればいいのかわからない。無力な彼はどうすることもできずに、項垂れて目を閉じた。

その時、突然格技場の扉が開かれ、廊下からの光が室内に射しこんだ。

漏れ出した光に刀也は目を凝らす。そこには二つ影が見える。

一瞬、見回りに来た教師かと思ったが、刀也の予想は外れた。そこにいたのは燿と瞑だった。

「千倉……それに、この前の」

突然現れた二人に刀也は目を丸くする。この時間だと生徒はとっくに下校しているのに、どうして彼らがこんなところにいるのか、刀也は驚きを隠せなかった。

言葉を失っている刀也に燿は顧問から借りた格技場の鍵をくるっと指で回す。

「忘れ物を取りに来た……ということにしておいてください」

そう言って燿と瞑は格技場に入り、扉を施錠する。これなら誰にも邪魔されることはない。

「時間がない。頼むぞ、柄沢」

燿の言葉に瞑は頷き、刀也の前に佇んだ。

瞑を目の前にした途端、刀也は寒気を感じた。先日会った時にはまったく感じなかったのに、今の瞑からはどこか悍《おぞ》ましい気配を感じたのだ。

瞑はそっとポケットに手を入れ、自前の腕珠を取り出す。

「刀也さん……もうわかってるとは思うけど、このままだとあなたは悪霊になってしまう。そうなってしまうと、俺はあなたを消さないといけなくなる」

「悪霊……消す？」

その言葉を口にすると刀也も恐怖が増した。自分が悪霊になるなんて、ましてや消され得ないるなんて信じたくない。けれども自分の手足についた黒い靄を見ているとそう思わざるを得ない。

もし刀也が悪霊になったら、危ないのはこの格技場を利用する剣道部だ。可愛い後輩を襲うのだけは刀也も避けたい。

「でも、刀也さんが悪霊にならない方法があるんだ」

瞑の言葉に刀也も燿も反応を示す。しかし、瞑の表情はどこか自信がなさそうで少しばかり陰りがあった。

「この方法……ぶっちゃけ俺も初めてだから成功するかはわからない……それでもやる？」

つまり一発本番。失敗したら刀也の魂がどうなるかも瞑はわからないという。

こんなリスキーな状況なのに、刀也は迷わなかった。

「いいよ。よろしく頼む」

どうせここにいたら自分は闇に呑まれる。それならば、少しでも抗いたい。絶対に諦めない心こそが、これまで彼を育《はぐく》んでいたのだ。

即答する刀也に瞑も燿も驚いたが、瞑は彼の心意気に応えるよう、力強く頷いた。

「なら……いくよ」

瞑は腕珠をはめた手を刀也の額にかざす。そして目を閉じ、そっと言霊を唱える。

瞑の手からぼんやりと青紫の光が放たれる。その光は刀也の四肢についていた黒い靄を吸い取っていった。終《しま》いにはその光は刀也の体を包み込み、そして体ごと消した。

「刀也先輩!?」

いきなり消えた刀也に燿は驚きの声をあげる。しかし、瞑は刀也が消えてもまったく焦っていなかった。

「柄沢、刀也先輩は……」

どぎまぎしながら尋ねる燿に瞑は安心させるように笑う。

「大丈夫。あとは刀也さんを信じてあげて」

それだけ言うと瞑は一息つき、「帰ろう」と燿を促した。

けれども燿の胸騒ぎは治まらず、不穏に感じながら刀也がいた場所をじっと見つめていた。

◆◆◆

格技場の異変は翌日すぐに起こった。

最初に気づいたのは鈴木だった。

その時の鈴木は部活が終わったのにもかかわらず更衣室で時間を潰していた。付き合いたての後輩マネージャーとスキンシップを図ろうと企んでいるのだ。ここならば鍵もかけられるし、誰の邪魔も入らない。また、学校でスキンシップを図るというのもスリルがあって刺激的だ。品のない妄想をし、鈴木の顔は思わずにやけた。

まだかまだかと彼女を待っていると、扉の向こうにある格技場から物音が聞こえた。

来た。

鈴木の胸が高鳴る。だが、そんな舞い上がる気持ちを押さえるように鈴木のスマホが震えた。

メッセージの送信者は他でもない、後輩の彼女だ。

『ごめん、先生に捕まって用事頼まれちゃった。まだ時間かかりそう』

「あれ？」と鈴木は無意識に言葉を漏らす。てっきり彼女がやってきたと思ったのに彼女はまだこの格技場にたどり着いていない。となると、今格技場にいるのは誰なのか。

誰かと鉢合わせになるのも困ると、鈴木はこっそりと扉を開けた。

そこにいたのは防具を着た剣道部員だった。面をつけているので顔はわからない。しかし、他の部員は全員帰っており、彼らの防具も全員分この更衣室に保管されている。

ならば、あそこにいるのは誰なのか？

そっと扉を開け、目を凝らして垂れについた名前を見ようと試みる。だが、鈴木の気配に気づいた剣士はゆっくりと振り向いた。

剣士に顔を向けられ、鈴木は息を呑む。そして視界に入った垂れの名前を見て、鈴木は「は⁉」と驚いて体を反らした。

「……違う」

剣士は鈴木を睨み、低い声で告げる。その鋭い冷淡な声に鈴木は飛び上がる。気が動転した鈴木は悲鳴をあげ、そのまま走って格技場を去っていった。勿論、それからは格技場に一人で近づいていない。

「――という夢を見たんだろ？」

鈴木の証言を聞いた燿は半目になって彼を見る。しかし、鈴木は今もうろたえており、切羽詰まって燿に訴えかけた。

「本当なんだって！　絶対あれは幽霊だって‼」

鈴木の必死の訴えも虚しく、燿は大きく欠伸をする。そんな彼の態度に「聞けよ！」と半泣きになる。

「幽霊だって証拠もあるんだよ！　だって幽霊が着ていた防具、刀也先輩のだったんだから！」

その言葉に燿の眉がピクリと動く。

「刀也先輩……だと？」

燿が確認するように聞くと、鈴木はコクコクと何度も頷いた。

柄沢の奴……どういうことだ？

眉をひそめ、瞑に視線に送る。だが、瞑は机に突っ伏したまま寝息をたてて眠っている。

こちらの気も知らずに幸せそうな顔をしている瞑を見ているとつい苛立ち、燿は彼の机をガツンと蹴った。

「うわ！　……あれ？」

いきなり机に衝撃を感じ、瞑は慌てて起き上がる。しかし、燿は不機嫌なまま「ついて来い」と立ち上がり、教室を出ていく。

「え？　何々？　俺、あいつになんかした？」

瞑は戸惑いながらも「待ってよ」と燿を追いかける。

一方、すっかり取り残された鈴木は、ぽかんとしながら教室を出る彼らの背中を見つめていた。

「燿！　待てってば！」

瞑が声をあげるが、燿は振り向かずに黙々と廊下を歩く。

廊下に出てからも、生徒たちの間では格技場に出た幽霊の噂で持ち切りだった。

「あ、千倉。格技場に幽霊出たってマジ？」

道行く生徒に燿も尋ねられるが、燿はすべて「鈴木に訊いて」と彼に押しつけ、適当にあしらった。

「ねえねえ、燿ってば。どこに行くの？」

瞑は燿の横に並んで尋ねるが、燿は無言のままその場で立ち止まった。

燿が無表情で真正面を見るので、瞑も一緒になって前を向く。

すると、向こう側から花加剣也が歩いてきた。

「あ、花加君……」

ぽつりと瞑は剣也の名前をこぼすが、剣也はすれ違っても二人の顔を見向きもしない。

「また、そうやって逃げるのか？」

吐き捨てる燿の言葉にようやく剣也は立ち止まる。

「これだけ話題になっているのに、知らないなんて言わせないからな」

燿がさらに言うと、剣也はゆっくりと彼のほうを振り向く。

「本当にあの人のことを尊敬してるなら、やるべきことはわかっているだろ？」

低く、挑みかかるような声になる燿に剣也は不愉快に眉を寄せる。

今にも殴り合いそうな彼らの空気に瞑は「え？　え？」と慌てふためく。だが、狼狽する瞑をよそに燿は二人に告げた。

「お前ら、部活終わった後時間空けておけよ」

燿はそれだけ言うと、瞑を置いて再び歩き出した。

剣也はそんな立ち去る燿を無言のまま見つめていた。その眼差しはいつもの死んだ魚のような目ではなく、どこか憂いを帯びた迷いのあるものだった。


あれだけ鈴木は騒いでいたが、格技場に行っても例の剣士の幽霊の姿はない。

「絶対いたんだって！」

そう訴える鈴木だが、部員たちは白けていた。けれども燿だけは彼の言葉を信じていた。刀也の霊気がこの格技場に残っているからだ。ただ、出てくる時間が今ではないというだけ。無論、口には出していない。

燿が動き出したのは部活を終えてからだった。制服に着替え、荷物を取りに教室へ戻る。そこで待ち合わせていた瞑と合流し、二人で格技場に向かう。

何時に決着が着くかわからないので流花は先に帰した。この件は流花がいても何もできないことは彼女自身がよくわかっていた。

「二人とも気をつけてね」

靴を履き替えた流花は二人に手を振るが、ひそかに心配していた。

そんな彼女の不安を吹き飛ばすように瞑は「弓持ってきてたからだいじょーぶ！」と笑いかける。その手には小弓を入れた弓袋がある。

去る流花の背中を見つめながら、燿は一息つく。

「お前、悟さんに連絡したのかよ」

「それも大丈夫」

ぐっと親指を立てる瞑に燿は「そうかよ」と興味なさそうに返し、そのまま格技場へと向かう。

燿は顧問から借りた鍵を使い、格技場の鍵を開けた。

「よく二回も同じ方法で借りれたね」

「人徳」

それだけ言うと燿は金属でできた重々しい扉を開けた。

瞑を中に入れると燿は格技場の扉を閉めた。ただし、今日は敢えて鍵をかけない。

明かりの点いていない格技場は薄暗く、静まり返っていた。

格技場の中央ではもうすでに防具を着た剣士が彼らを待っていた。竹刀を自分の手元に置き、正座で着座している。垂れについている名は「花加」。刀也が生前使っていた物である。

「刀也先輩？」

燿が呼んでも刀也は返事もせず、ピクリとも動かなかった。つい先日まで感じていた温厚な雰囲気はなく、ただならぬ威圧を放っている。そんな彼の姿を見ていると燿は胸がちくりと痛んだ。悪霊ではないとはいえ、着座する彼の姿はどこからどう見ても誰もが不気味に思う幽霊だ。

「柄沢、刀也先輩に何をしたんだよ」

不安がる燿に瞑は真顔で答える。

「刀也さんを捕えている邪気を取ってから、彼の思念を具現化させたんだ」

「思念を具現化？」

「うん。刀也さんに残っている思念なら刀也さんの未練が一番顕著に出るんじゃないかと思ってさ。もしかしたら刀也さん自身でも自分の未練を解決できるかもしれないしね」

瞑自身、彼の未練は想像できていた。自分が死んだ事故現場ではなく、格技場に囚われるのは、彼が生前に思い入れのあった場所がここだということ。

「本当は刀也さんも自分の未練に気づいてたんだよ。でも、どうすることもできなかったからつらかったんだ」

刀也の尋常でない剣道への情熱がこうして彼の未練へと繋がってしまった。けれども対戦相手が誰でもいい訳ではない。だから彼はこうしてその相手をずっと待っているのだ。

「ねえ、燿……俺、花加君のこと知らないんだけど、信じていいんだよね？」

不安げに瞑は燿に尋ねる。

「ここで来なかったら男じゃねえよ」

燿は腕を組みながら剣也を待つ。その思いが届いたかのように、格技場の扉が再び開いた。現れたのは剣也だった。

「来たな、剣也」

剣也の登場に燿はニヤリと笑う。

見当違いな光景に剣也は顔をしかめる。

燿が「竹刀は持参で、剣道着のままで来い」と言うから改めて格技場に来たのに、待っていたのは制服姿の燿と瞑だった。てっきり燿と剣也とで剣道の試合をするのかと思っていたのだが、この様子だと闘うつもりはなさそうだ。そもそもこの場に面識のない瞑がいる理由も剣也はわかっていない。

「お前、何を企んでいるんだ？」

怪訝《けげん》な様子で剣也は燿に尋ねる。どうやら剣也には刀也の姿が視えていないようだ。

しかし、剣也の姿を見て今までピクリとも動かなかった刀也がすっくと立ち上がった。

「……待ってたぞ」

刀也は低い声でそう告げると、竹刀で床に叩いた。

途端に世界が変わる。格技場にいたはずなのに壁も床もわからなくなるくらい一面真っ暗になった。

　こんなにも真っ暗なのに、互いの姿は頭からつま先まではっきりと見えていた。

「なんだよこれ……」

　状況を呑み込めていない剣也は目を瞠る。

「なんで兄さんの防具を着た奴がいるんだよ」

　剣也は霊魂であるはずの刀也の姿が視えていた。死んだ刀也が目の前にいる。それに加えてこんな異空間に飛ばされた。普段うろたえない剣也でもどうすればいいかわからないくらい混乱していた。

「ここは境界——あの世とこの世の狭間だよ。だから花加君も刀也さんの姿が視えるんだ。でも、この境界は刀也さんが作り出したものだから、刀也さん自身をどうにかすれば元の場所に戻れるよ」

　瞑が落ち着いた口調で言う。しかし、突然そんなことを言われて剣也が鵜呑みにできるはずもなく、ただ狼狽していた。

　剣也は助けを求めるように燿を見るが、燿は腕を組んだまま何も言わない。

「まあ、こんな機会滅多《めった》にないんだから、思う存分やってみなよ」

　瞑がそう剣也に笑いかけると、剣也は渋々竹刀を構えた。

「審判は俺がします。試合は一本勝負です。では——はじめ」

燿の声を合図に刀也はいきなり竹刀を大きく振り上げた。

咄嗟に剣也は振り下ろされた刀也の竹刀を受け止める。なんとか攻撃は防いだが剣也の竹刀はそのパワーに弾《はじ》かれた。

剣也は後ろに下がって刀也と距離を取る。このパワーとスピード……一発竹刀を受けただけでわかった。この斬撃は亡き兄、刀也のものだ。

「本当に兄さんなのか？」

尋ねても刀也は何も言わない。ただ、垂れについた名前だけが彼の存在を知らしめる。

一向に攻撃してこない剣也に向け、刀也はもう一度竹刀を振り上げた。すり足で一気に詰め寄り、剣也の懐に入る。なんとか剣也も押さえるが、刀也のパワーに押し負けそうだ。

剣也も無理矢理振り払って刀也に打撃を仕掛けるが、刀也は難なく受け流す。パワーだけでない、しなやかさも扱えるスタイル。これは生前の刀也とまったく変わりがない。

変わりがないからこそ、剣也は途方に暮れていた。何十回、何百回と闘って勝てなかった自分が、彼に敵《かな》うはずがない。

弱気になる剣也の心に同調するかのように彼の打撃が甘くなった。その隙に刀也が一気に畳みかける。

刀也は一心不乱に竹刀を振り下ろす。一本は取られていないものの、剣也はその打撃を押さえるのが精いっぱいでまったく攻撃ができないでいた。これでは一本取られるのも時間の問題だ。

「やばいね」

この事態に瞑は眉をひそめる。このままでは剣也が刀也に負けてしまう。あんな打撃をまともに食らったら、剣也は怪我だけでは済まないだろう。こうなったら手遅れになる前に、自分がなんとかしなければ。

そう思って弓を構えると、隣にいた燿が腕を伸ばして彼を止めた。

「邪魔するな」

低い声で燿は告げる。けれどもその言葉とは裏腹に燿の体は震えていた。

「審判は俺なんだよ、柄沢」

汗を流し、緊張で震えながらも燿の目は熱意に溢れていた。

燿は信じているのだ。剣也がここで黙っているはずがない。彼の強さを知っているからこそ、この勝負の行く末を最後まで見守りたいのだ。

燿は剣也に向かって吠える。

「てめえ！　今ここで動かないと一生刀也先輩に勝てないぞ！」

その声に剣也の肩がピクリと動く。

その時、剣也の顔つきが変わった。これまでの戸惑ったものではない。迷いのない凛とした眼差しで刀也を見据える。そして散々押されていた刀也の打撃を押さえ込み、払い除けて素早く距離を取った。

「……うるせえぞ、千倉」

そう吐き捨てながらも剣也はフッと口角を上げた。その笑顔は燿ですら初めて見るものだった。

「そんくらい……俺もわかってる」

剣也が徐に竹刀を構え直す。

乱れた呼吸を耳で聞き、静かに感覚を研ぎ澄ます。

剣也の変貌に刀也も警戒するように退く。

刀也の足が動いた途端、剣也は勢い良く迫り込んだ。

ぶつかり合う竹刀が激しい音を立てる。しかしどんなに押さえられても剣也の攻撃は止まらない。

打って変わった剣也の怒涛の攻撃に見ていた暝と燿も息を呑んだ。暗闇の中で竹刀を振るう彼らの姿は踊っているようにさえ見えた。

剣也が刀也に向けて吼える。その言葉にならない咆哮《ほうこう》に刀也の体が一瞬委縮した。その僅かな間隙を見つけた剣也は一気に竹刀を突き出した。

「突きっ‼」

剣也の荒らげた声と同時に剣也の竹刀が刀也の喉元に突き刺さる。

そのパワフルな攻撃に燿は一瞬言葉を失った。

「……一本」

燿が静かに試合の終わりを告げる。

試合終了と同時に刀也の手から竹刀が滑り落ちた。そしてゆっくりかぶっていた面を取る。

「あーあ。負けちまった」

彼の陽気な声に剣也は目を大きく見開き、その場で膝を落とした。

「強くなったな」

刀也は負けたのに清々しく笑っていた。その笑顔も、その声も、生前の彼そのものだ。そんな彼の顔を見ていると、剣也の中で何かが込み上げてきた。

「俺……ずっとお前と闘いたかったんだよね」

刀也が目を細めると彼の体が徐々に光り出し、ゆっくりと透明になっていった。

「今のお前になら、剣道部を任せられるや」

光がさらに増していく。刀也の体だけでなく、この世界全体が白く染まっていく。

「二人とも、ありがとう。あと……ごめんな、剣也」

屈託のない刀也の笑顔が三人には眩しく見えた。けれどもその笑顔はいつもより悲しそうで、彼らは胸を痛めた。

世界が消える。

花加刀也の魂が消えていく。

「兄さん」

遠退く意識の中で剣也は彼を呼んだ。

「……さよなら」

そう告げると刀也が剣也に微笑んだ。刀也の笑顔が白い光に溶けていく。そして光の粒子となって、空高く昇っていく——

剣也の意識はそこで途切れた。

気づくと彼らは三人とも薄暗い格技場に立ち竦んでいた。

どうやら、元の世界に戻ってこれたようだ。ただし、先ほどまでいたはずの刀也がいなくなっている。ふと時計を見ると剣也がこの格技場に来てから五分も経っていなかった。

剣也の目の前に一本の竹刀だけが無造作に転がっていた。

剣也はその竹刀をそっと手にした。そこには誰かが握っていた体温がうっすらと残っていた。

竹刀を握ったまま剣也は天井を仰ぐ。その顔は満足そうで、微笑んだ拍子に一筋の涙がこぼれた。

「千倉……柄沢……」

仰ぎながら剣也が二人の名前を呼んだので、彼らは揃って顔を向けた。

「──礼を言う」

涙声の剣也に燿は呆れたように返す。

「まったく、面倒な兄弟だ」

しかしその声も震えており、彼の大きな目からもほろりと涙が落ちた。

そんな彼らを見て、瞑は「やれやれ」と思いながらも、口角を上げた。


あれから、格技場で幽霊が出たという噂はない──……。

◆
◆
◆

刀也の一件から数日後。剣也は彼の祥月命日のために学校を休んでいた。午前中の一周忌には親戚が集まって慌ただしかったのに、午後になっても刀也に手を合わせたいという来客が絶えず、夕方になってようやく落ち着いたので刀也の両親は買い出しに出かけた。

今はコテツと一緒に留守番だ。

剣也がコテツを腹にのせながらソファーに横たわり、ぼんやりと天井を見つめていると、家のインターホンが鳴った。

インターホンに反応したコテツが剣也から飛び降り、玄関へと向かっていく。

「はい」

短く返事をして扉を開くと、目の前に花束が現れた。

「ちわー。高爪生花店でーす」

明るい声と共に花束で隠れていた橙色の髪がひょっこりと顔を出す。

「高爪さん⁉」

「久しぶりー。元気だった？」

突然の来客に剣也は目を丸くした。統吾と会うのは卒業以来だが、まず、派手に染まったその頭に剣也は驚いた。しかし変わったのは髪の色だけで、浮かべる笑顔のあどけなさは変わらない。

統吾は刀也の中学校からの親友だ。高校も常に一緒で仲睦まじかったので、彼が亡くなった時統吾も悲しみに暮れていた。そして、四十九日も百箇日も彼はこうして刀也のために花を持ってきて、手を合わせてくれた。死んだ刀也に頻繁に手を合わせてくれる数少ない友人だ。

それよりも。

剣也は隣にいた黒髪の青年……悟を小首を傾げながら見る。

悟も剣也の顔を見て目をぱちくりとさせる。

「本当だ。マジで似てる」

その言葉を剣也は不思議に思う。

そんなぽかんとする二人に統吾は笑う。

「この人はさとりんだよ。昔、刀也に会ったことあるんだって」

「だからさとりんって呼ぶなよ」

統吾の言葉にすかさず悟は彼の頭をパシンと叩く。

気を取り直して咳払いした後、悟は改めて剣也に会釈する。

「柄沢悟だ。中学の時、お前の兄貴と合宿で一度手合わせしたんだ。よかったらお参りさせてくれないか？」

「……もしかして滝峰中《たきみねちゅう》の？」

「え？　知ってるのか？」

剣也の返しに悟は泡食った表情をした。まさか自分のことを知っているとは思わなかった悟だが、隣の統吾は懐かしむように話す。

「あの時の刀也、『強い奴見つけた』ってうるさかったもんね」

「ええ……毎日のように聞かされていました」

剣也は一瞬悲しげに視線を落としたが、すぐに微笑んだ。

その様子に悟は「そうか」と短く笑った。

「二人ともありがとうございます……どうぞ入ってください」

剣也に言われて二人は部屋の奥へと入る。するとコテツが「にゃー」と小さく鳴いたので統吾が思わず破顔した。

「コテツー！　久しぶりー！　おいでおいで！」

にやけながら統吾はコテツに腕を伸ばす。コテツがごろんと寝転がって統吾を誘うので、統吾はそのまま近づき、彼の腹を撫でた。

「どっちが遊ばれているんだかわかんないな」

コテツとじゃれる統吾の前を悟は半目のままで横切って刀也の遺影の前に座る。そして一人先に線香をあげ、静かに手を合わせた。

その後ろ姿を剣也は不思議な感覚で見つめていた。

やがて、合掌をやめた悟が息をつき、ぼそりと呟いた。

「……お前死んでたんだな」

その淋しそうな顔つきに、剣也はかける言葉が見つからなかった。

しかしその表情もすぐに消え、悟はフッと小さく笑う。

「――いい遺影だ」

その言葉に剣也は頬を綻ばせた。

「ありがとうございます……自慢の兄です」

剣也の言葉に悟も「だろうな」と笑う。

そんな二人のやり取りを、統吾はコテツを撫でながら嬉しそうに頬を緩ませて見ていた。

◆
◆
◆

下校中、暝と燿は流花の提案でとある所に向かっていた。

「本当……刀也さん成仏できてよかったね」

バスでの移動中、流花が安堵したように言う。

あの日の出来事を流花にきちんと話した際、「それなら、お参りに行かないと」と彼女が提案した。いつもなら面倒臭がって断る燿も、今回は珍しく流花の提案にのった。

バスは花加家のあるマンション前の停留所に停まる。

彼が亡くなった交差点に近づくとすでに先客がいた。髪を色鮮やかに染めた青年たちが並んで手を合わせている。その足元には小さな花束とスポーツドリンクなどの供え物が置かれていた。

「流石刀也さん。人望が厚いね」

暝はそんな青年たちの姿を見ながら目尻を下げて笑う。

手を合わせ終えた青年たちが帰ろうとすると、瞑たちの視線に気づいた。

こちらに顔を向けてきた青年たちを見て、燿が「あ」と声をあげた。

「先輩」

「あれ？　千倉じゃん。久しぶり」

青年たちが燿に近づく。彼らは剣道部のOBで、刀也の同級生だった。中には「でかくなったな」とぐりぐりと頭を撫でる者もいた。

「刀也にお参りなんて、お前も律儀だな」

「え、ええ……やっぱり一周忌なんで」

「へー、流石お前だなー」

剣道部のOBは感心するように頷く。

「これから刀也の家に行くが、お前はどうする？」

横断歩道の向こうにある刀也の家を指しながら誘うOBに、燿は笑みを含みながらやんわりと断る。

「あまり大勢で行くのも剣也に悪いし、友達も待たせてるんで、今回は遠慮しておきます」

いつものように爽やかな笑顔を浮かべ、流すように後ろで待つ瞑と流花を見る。OBたちも「そっか」とそれ以上誘ってこなかった。

「じゃーな千倉」

「また今度」

手を振るOBたちに燿は会釈する。

去りゆくOBたちを見て燿はなんとなく嬉しくなった。

「死んでからもあんなに手を合わせてもらえるなんて、刀也先輩って幸せ者だよな」

その言葉に暝と流花は鳩が豆鉄砲を食ったように目を開き、互いの顔を見合わせた。

「……なんだよ、そのリアクション」

「いや、燿もそんなこと言うんだなって思って」

「どういう意味だよ。ほら、さっさとお参り終わらせるぞ」

燿は不貞腐れながら持っていた仏花を他の供え物の隣に置く。

そして三人並んで手を合わせ、目を閉じる。

「……帰るぞ」

燿はそっと立ち上がり、彼らに背中を向ける。

「あと柄沢……世話になったな」

静かに告げた燿の言葉に暝は意外そうにするが、やがてニヤリと笑い、立ち上がって頭の後ろで腕を組んだ。

「今度何か燿に奢ってもらおうっと」

「くっそ……すぐ調子のりやがって」

ニヤつきながら先を歩く暝の背中に向けて燿は吐き捨てる。

その様子を見て流花はおかしそうにクスッと笑う。

「燿君、変わったよね」

「あ？」

いきなり何を言い出すんだとばかりに燿は顔をしかめる。

そんな彼の心中を察するように流花は頬を緩めた。

「だって……そんな顔今までしなかったよ」

「おい、それってどんな顔――」

しかし、燿の声は暝の「あ！」という声に掻き消された。

「二人ともバス来たよ！」

暝はそう言って向こう側からやってくるバスを指差す。これを逃すとまた何十分も待つ羽目になる。

「ほら、流花も燿も急いで！」

焦って一人で走り出す暝に流花も「待ってよー」と駆ける。

「燿君も、早く早く！」

振り返る流花は笑いながら手招きする。その意味深な笑顔に燿は、ばつが悪そうに頬を掻いて、彼らに続いて走った。

——変わった、ねえ。

不意に流花の言葉が過る。

——変わったのは、きっとお前らのせい。

橙色に染まった空を見上げながら、燿は口角を上げた。

その後行われた剣道の全道大会で、部長となった花加剣也が個人戦でおよそ二年ぶりに木綿陸高等学校に優勝をもたらすのだが、それはまだ先の話である。

六　花火が空に咲く夜に

夏休みが近づいてきたある日の放課後。

三人で帰ろうとしたところ、流花が突然暝と燿に声をかけた。

「ねえねえ、みんなは今年の夏祭りはどうするの？」

「夏祭り？」

暝は彼女の気になるワードに反応する。

「そう、夏祭り。柄沢君はこの街の神社って知ってる？」

「神社ってあのすっげー長い石段がある？」

「そう。お母さんの実家なんだけれど、今週末にそこでお祭りをやるの。町内会総出だからお店もいっぱい出るんだよ」

「へー、楽しそうだね」

転校してきた暝にとってはこの街のイベント一つ一つが新鮮だった。この街に来て初めての夏祭り。十分興味がそそられる。

「せっかく柄沢君とも仲良くなれたし……今年はみんなで行かない？」

流花は照れ臭そうに頬を染めながら彼らに提案する。シャイな彼女の精いっぱいの誘いだ。しかし、まさか流花のほうから誘ってくるとは思わなかった暝は「え？」と素っ頓狂な声をあげてしまった。

赤面している暝とは違い、燿は淡々としていた。

「まあ、いいけど……どうせ暇だし」

ぶっきらぼうながらも了承する燿に流花も「よかった」と嬉しそうに笑う。

「柄沢君は行ける？」

暝にも改めて尋ねる流花だが、暝は「うーん」と困ったように頭を掻いた。

「めっちゃ行きたいけど、父さんと兄ちゃんに訊いてみないとわかんないや」

柄沢家の炊事をするのは悟だ。彼のことだから夏祭りがあろうがなかろうが、通常通り夕食の準備をするだろう。そんな悟にだけ家のことを任せ、自分だけ遊びに行くのは気が引ける。

そう言うと、流花も納得するように「そうだよね」と頷く。

流花は悟が気を張りがちなことに気づいていた。彼は母親がいない穴を必死に埋めている。そのうえ学業と両立させているのだから、暝が一人で遊びに行くことにためらうのも無理はない。流花自身も父子家庭だから、彼の気持ちはよくわかる。

「お兄さんも息抜きできたらいいのにね」

眉尻を垂らしながらそう言うと、瞑は「そうだね」と小さく頷いた。

しかし、いざ帰宅してみると悟も瞑とまったく同じことを一世に訊いていた。

「あれ？　兄ちゃんも祭りに行くの？」

「なんだ、お前もか。俺は統吾たちに誘われた。でも、俺たちが行ったら親父が一人だろ？」

困ったように頭を掻きながら悟は一世に尋ねる。すると、一世は案ずるなと言うように優しく微笑んだ。

「私は留守番していますから、瞑と二人で行ってらっしゃい」

しかし、悟の表情は浮かなかった。ただでさえ仕事で忙しい一世なのに、たまの休みに彼を独りにさせるのは心苦しかったのだ。

悟がそう思っていると、一世は何か思いついたように「……そうだ」と手を叩く。

「焼き鳥を買ってきてください。味付けは塩でお願いします」

突然の提案に、悟は「お、おう」とたじろぐ。一世はそんな悟の肩にポンっと手を置いた。

「たまには羽を伸ばしてきなさい」

そこでようやく彼の意図を理解した悟は照れ臭そうに彼からそっと視線を外した。

そんなやり取りの最中、瞑は二人の後ろで密かにガッツポーズをしていた。

祭り当日のこと。

悟と瞑は会場の神社に到着した。

神社には初めて来る二人だったが、縁日の灯りが見え、太鼓の音色が聞こえていたので、遠くからでも会場がすぐにわかった。

「すっげー人だね」

会場入り口にある鳥居は待ち合わせ場所のランドマークになるのか、人でごった返していた。中は家族連れや浴衣を着たカップルなどで、すでに賑わっている。

人で溢れる中、瞑は周りを見回していると流花を見つけた。

流花はセミロングの髪を束ね、シックな紺色の浴衣を着ていた。いつもと違う雰囲気だから、悟は瞑が彼女の名前を言うまで彼女が誰かわからなかった。

「こんばんは柄沢君。お兄さんもお久しぶりです」

流花がお辞儀をすると、花のついた髪留めがシャラリと揺れた。流花のすらりとした体型が、その浴衣姿をよりいっそう引き立てていた。そのおかげで流花の姿が大人びて見える。いつもと違う雰囲気の流花に瞑はすっかり魅せられ、頬を赤らめていた。

「俺、邪魔か？」

見惚《みと》れる瞑を見て悟は意地悪く笑う。

「い、いや！　ちょっと……で、でもまだ燿が来てないし」

瞑は耳まで赤くなっていたが、両手を振って慌てふためく。だが、そんな瞑の気持ちも知らずに流花は不思議そうな顔をして彼を眺めていた。それを含めて面白く、悟は笑いが込み上げていた。

そんなやり取りも彼らの登場で打ち切られる。

「あ、いたいた」

橙色の髪と茶髪の青年が彼らに近づく。統吾と、二人の共通の友人である種岡亮太《たねおかりょうた》だ。

「可愛い子もいるじゃん。瞑君のカノジョ？」

「カノジョ⁉」

顔見知りとはいえ、種岡は瞑のことを深く知らなかった。これも彼の何気ない言葉だったのだが、瞑は声が裏返るほど動揺した。

すかさず流花が笑いながら「違いますよ」と否定する。

ここまであっさりと否定する流花の対応に、流石の悟も瞑に同情した。

そうこうしているうちに瞑は燿の姿を見つけた。こちらに気づいているのかいないのか、遅れてきたのにもかかわらずポケットに手を突っ込んだままのろのろと歩いている。

これ以上悟や悟の友人たちにからかわれまいと、瞑は咄嗟に流花の手を取った。

「じゃ、燿が来たから行くね！」

「あ！　柄沢君！」

瞑は流花を連れて逃げるように燿のもとへと駆け出した。

そんな二人を見ながら、種岡が呟く。

「美人な子だったな」

「高校生は犯罪だぞ」

「……何が言いたいのだね、悟君」

悟と種岡の間でそんなやり取りが行われていたということを、瞑たちが知るよしもない。


人ごみを掻き分けて燿のもとにたどり着いた頃には、瞑も流花も息が乱れていた。

「燿ー！　遅いよもう！」

「悪かったな。車がなかった」

燿は涼しげな顔でそう言った後、「お」と流花のほうを見た。

「久々に浴衣見たけど、いいんじゃないの？」

あまりに直球すぎる誉め言葉に、流花は恥ずかしそうに顔を綻ばせた。

そんな彼女の嬉しそうな顔を見て、瞑の心はキュッと痛くなった。初めて湧いた感覚に一瞬戸惑ったが、瞑は気のせいだと言い聞かせた。

「じゃ、早速行こうか」

誤魔化すように瞑は笑い、二人を誘うように歩き出す。

客に子供たちも多いので綿あめやりんご飴、チョコバナナなど祭り定番の食べ物屋だけでなくクジ、射的、ヨーヨー釣りなどゲームの出店も多い。子供たちも楽しんでいるようで、それらの出店の近くではしゃぐ声がよく聞こえた
「おう、流花じゃねえか」

そんな子供たちの可愛らしい声に混じり、野太い声が流花を呼び止めた。

声がしたほうに瞑と燿も顔を向ける。

「……げ」

そこにいた人物に瞑はつい声を漏らす。

流花に声をかけたのは父親である新太だった。白いタンクトップに短パン、そしてタオルを頭に巻き、さらに煙草《たばこ》を吸いながら小さな椅子に座っている。

「お、寺のボウズと千倉さんの倅《せがれ》じゃねえか。お前、一緒だったのか」

「ど、どうも」

ニッと笑う新太に瞑と燿は声を揃えて軽く会釈する。

「おじさん、なんでこんな所にいるの？」

「そりゃ、嫁さんの実家が執り行ってんだから手伝いくらいするだろ」

「それでもさあ……おじさんが輪投げコーナーってのもないんじゃない？」

ただでさえ厳つい顔で近づきがたいのに、そんなラフな恰好で煙草を吹かされたら子供たちも怖くて近づけないだろう。

しかし、新太はあっけらかんとしながら答える。

「そうか？　楽だぞ」

「座ってるだけだもんね。お客は？」

「全然」

「だよね。知り合いじゃなかったら、俺も逃げるよ」

「なんだよ生意気なこと言いやがって……ほら、暇なんだろ。どうせならやっていけよ」

新太は小さく舌打ちをしながら輪投げ用の小さな輪を指でくるくると回す。

「しょうがないなー」と瞑たちはシートに散らばっている輪投げの景品を見下ろした。

景品はお菓子からおもちゃまで様々だ。だが、明らかに小学生向けの景品ばかりで、高校生の自分たちが取りたいと思うような目ぼしい物はない。

そう思っていたのは瞑と燿だけで、流花はとある景品に目を輝かした。

「耳ながうさぎだ」

「みみなが？」

「ほら、あれだよ。耳の長いうさぎ！」

流花が指差すのはピンク色の愛らしいうさぎの縫いぐるみだった。ただし、うさぎにしては耳が異様に長い。

「それ、好きなの？」

「うん！　でも、ゲームセンターの景品でしか出なくて、なかなか手に入らないんだ」

目の前にある耳ながうさぎを見て、流花は淋しそうに眉尻を下げる。

「ボウズに取ってもらえよ。どうせお前、こいつらに誕生日プレゼントもらってないだろ？」

ニヤリと笑う新太に瞑は「え？」と泡食った声をあげた。

「流花、誕生日なの？」

「う、うん……明日だけどね」

「明日って学校休みじゃん！　言ってくれればいいのに！」

「そんなん自分から言えないだろ普通」

二人の会話を聞いていた燿が呆れたように息をつく。そして思い出したように自分の鞄を開け、小さなラッピング袋に入ったクッキーを手渡す。

「危うく家に持ち帰るところだった。ほら、やるよ」

「え、本当に作ってくれたの？」

「ったく、こんなんでいいのかよ」

「うん！　ホワイトデーにくれた燿君のクッキー、美味しかったから」

「だからあれは妹に無理矢理作らされただけだって」

嬉しそうに笑う流花に、燿はばつが悪そうに頬を掻いた。

その光景に瞑は一驚した。あの他人に興味がない燿が誕生日を覚えていたことにも驚いたが、妹に言われたからとはいえ彼がお菓子を作ることに驚いた。

一方自分は流花の誕生日も知らないし、何も用意していない。

流石にこのままでは引き下がれない。彼にだって男としてのプライドがあるのだ。

「……おし」

瞑は気合いを入れるように拳を作る。

「俺があのうさぎを取ってあげる！」

「ええ⁉」

瞑の発言に一番驚いたのは流花だった。

「だってこれ……他の景品より距離があるし、ちょうど頭の上に輪をのせなきゃいけないから取るの難しいよ？」

「いいの！　俺、流花のプレゼント、用意してないもん！　こっちが悪いよ」

「で、でも……」

おろおろする流花だが、瞑は引こうとしない。

そんな二人を見て、新太は笑う。

「いいじゃねえか流花。ボウズに貢いでもらえよ」

にんまりとする新太の前で瞑は闘志を燃やす。

「おじさん、よろしく」

そう言って瞑は百円玉を二枚新太に渡す。

「まいどあり」

新太に輪を渡され、瞑は「おっしゃ！」と構えた。

「うりゃぁぁ！」

雄叫びをしながら投げるが、狙いは定まらず輪は縫いぐるみの手前で落ちる。

「まだまだ！」

負けじと輪を投げるが、どれも外れてしまった。当たった景品といえば、たまたま入った駄菓子だけ。

「くっそー……」

悔しそうにする瞑の横で燿が「下手くそ」と笑う。

「お前、弓道やってたんだろ？　なのになんで当たらないんだよ」

「それとこれとは別だから！　おじさん、もう一回！」

再び百円玉を渡してきた瞑に新太は「あいよ」と輪を渡す。

「今度こそ！」

そう言って瞑は輪を投げる。

感覚を掴めてきたのか、投げた輪は縫いぐるみに当たるようになった。だが、当たるようになっただけで縫いぐるみの頭にはのっからない。「次こそ」と思っても、気づけば輪はなくなっている。

そんな彼を見兼ねて、新太は提案してきた。

「五千円で買うか？」

「高いよ！　それなら頑張るわ！」

「へいへい。まあ、リタイアはいつでも受けつけるぜ」

ニヤニヤと笑いながら、新太はまた輪を瞑に渡す。

しかし、なかなか決まらない瞑に燿が痺れを切らした。

「全然終わらなそうだし、花火も始まるし、先に拝殿行って場所取ってようぜ」

怠そうに欠伸をしながら燿は瞑を置いて歩き出す。

「あ！　燿君！」

慌てて声をかける流花だが、燿は見向きもしない。

「ねえ柄沢君、燿君行っちゃうよ！」

流花は瞑に声をかけるが、瞑は瞑で集中しており、雑音も邪魔して流花の声が届いていなかった。

そうしているうちに燿はどんどん突き進み、人ごみの中へと消えていく。

そのやり取りを見て、新太は息をつきながら「行ってやれ」と流花にジェスチャーをする。

戸惑う流花だが、ここまで来ると一人ではどうにもならない。仕方なく流花は新太に瞑を託すことにした。

「ごめんね、柄沢君！」

そんな彼女の謝罪ですら、瞑は聞こえていない。

友人たちがいなくなっているのも知らずに、瞑は最後の輪を投げた。

その輪はふわっと浮かび、添えられるように縫いぐるみの頭の上に落下した。

「当たったー！」

思わず喜びの声をあげるが、周りを見ても燿も流花もいない。

「お前、置いてかれたぞ」

「ええ!? マジでか！」

「千倉さんの倅が飽きちまったみたいだからな。流花は困っていたみてえだが、とりあえず先に行かせた。あいつら拝殿に行くって言ってたから、走ったらまだ間に合うんじゃねえの？」

新太はそう言って景品の縫いぐるみを紙袋に入れ、瞑に差し出す。

だが、瞑は差し出された袋に目を向けず、どこか上の空で二人が消えた人ごみを見つめていた。

瞑の愁いを帯びた眼差しからひしひしと虚しさが伝わる。能天気な彼がそんな表情をするとは思ってもなく、新太は意外そうな顔をした。

「おじさん……」

道行く人の流れを眺めながら、瞑はぽつりと呟く。

「おじさんに言ってもしょうがないのはわかってるんだけどさ……俺、もう少し早く転校してきたら二人ともっと仲良くなれたのかなって、時々思うんだ」

二人とも去年から同じクラスで、すでに交友関係ができていた。割り込んできたのは自分のほうだ。すでにできあがっている二人の距離感には敵わない。自分が知らない流花のことを、燿は知っている。出会ったのが早いからそうなるのは当然なのに、二人のことを考えると時々こうして胸が苦しくなる。

このもやもやとした気持ちの正体に瞑は気づいていた。燿に対する妬みだ。だがせっかくできた友人に対し、そんな感情を抱きたくない。だからこそ、この虚しさをどこにぶつけていいのかわからないでいた。

そんな悲しげな顔をする瞑を見て、新太は嘆息をついた。

「お前、流花のことが好きなのか？」

「な、なんだよ、いきなり！」

突然の言葉に暝の体温は急上昇した。その動揺を新太に察されないためにすぐさま彼から目を逸らし、逆に聞き返した。

「もし好きって言ったらどうするのさ」

「ぶっ飛ばす」

「……じゃ、嫌いって言ったら？」

「ぶっ飛ばす」

「結局ぶっ飛ばされるんじゃん！　なおさら言わないよ！」

捲したてるように反論する暝を見て、新太は腹を抱えて笑った。

「まあ、俺からしてみたらお前が流花のことを好きでいようが、流花が幸せならどうでもいい。ただし、流花を泣かしたら誰だろうとぶっ殺すけどな」

「肝に銘じておきます……ってさり気なく攻撃力増してるじゃん」

「奈古が命をかけて護った宝物だ。当たり前だろ。これ以上変な男を寄せ付けないために流花にも護身術教えたんだから」

当然のように言う新太だが、暝は腑に落ちないようで口を尖らせる。

「そんな顔をするなよ。これでも俺はお前に感謝してるんだぜ。二年生になってからあいつ楽しそうだからな」

「え？」

耳を疑った暝は思わず聞き返す。

しかし、新太はそれ以上言及せず、「ほら」と縫いぐるみの入った紙袋を暝に突き出す。

「流花にやるんだろ？　さっさと行けよ」

そのニッと笑った新太の顔を見ていると、彼に認められたような気がして暝は少しだけ嬉しかった。

「ありがとうおじさん。でも……」

ぽりぽりと頭を掻きながら、暝は半笑いで言う。

「……拝殿って、どこ？」

暝が二人に追いつくのはまだ先のことである。

◆　◆　◆

流花は人ごみを掻き分けながら燿の後を追っていた。

神社の奥へ奥へと進むと、拝殿に繋がる石段が現れた。ここまで来ると店も人だかりもなくなる。

「待ってよ、燿君！」

流花が声を張りあげたところで、ようやく燿は足を止める。

「悪い、浴衣なの忘れてた」

「もう……酷いよ……」

すでに流花はくたくただったが、相変わらずマイペースな燿は流花の息が整ったのを確認するとまた一人で石段を上がり出した。

「だから、待ってってばー……」

ふらふらになりながらも、流花は彼の後に続いていく。

石段を十段ほど上がると、燿は立ち止まって石段に腰を下ろした。

「……ここでも十分見えるだろ」

ここだと祭り会場の灯りも太鼓の音色も小さくなっていた。灯籠《とうろう》の灯《とも》りは灯っているが、それでも薄暗い。

「やっぱり、俺はここくらいの静けさがいい」

そう呟きながら燿は後ろに伸ばすように石段に両腕をついた。

「柄沢君、ここがわかると思う？」

流花は心配そうに言いながら燿の一段下の石段に座り込んだ。

「いつもの勘で来るだろ」

「そういうものかなー……」

流花とは違い燿は彼の心配など微塵もしてない。来たら一緒に見る。いないならいないでいい。暝のことはそれ程度しか思っていない……つもりだった。

「燿君、楽しそうだね」

流花は燿の変化に気づいていた。

「よかったね。柄沢君が転校してきて」

「なんでだよ。あいつが来てから面倒なことばかりじゃないか」

「そう？　いつも退屈そうにしてたじゃない」

にこやかな流花の顔はなんだかすべてを見透かしているようで、燿は返す言葉がなかった。

「……飽きないのは確かだ」

諦めたように燿はそっと告げる。

これまで燿は友達なんていらないと思っていた。最低限の関わりさえあれば自分は生きていける。面倒事に巻き込まれるのが嫌だから大人しくしていたのに、暝が来てからそんな平和な日常もすっかり壊されてしまった。本当は被害者のような気分なのだ。

けれども、流花が向ける眼差しは燿に対する憐れみなんかではない。保護者のような優しく、温かいものだった。

「大丈夫。柄沢君には言わないよ」

彼女がそう微笑んだ時、石段の下から「おーい」という声が聞こえた。

下を見ると、暝が息を切らしながら石段を駆け上がっていた。

「お前ら酷くない⁉ 俺、頑張って縫いぐるみとったのに置いていくなんて！」

再会早々喚く暝を見て、燿はおかしそうにケラケラ笑う。

「よくここがわかったな」

「これも奇跡だからね。流花のお父さんに聞いても全然場所が分からなくて、ほとんど勘で来たんだから。もー、覚えてろよ燿！」

不貞腐れる暝だが、それでも紙袋を持ったその腕は流花のほうに伸びていた。

「はい。誕生日プレゼント」

「本当にくれるの？ ありがとう」

流花はすぐさま紙袋から縫いぐるみを取り出し、その場でぎゅっと縫いぐるみを抱きしめた。

可愛らしい流花の仕種を見ていると暝も嬉しくなり、「えへへ」と目を細める。

そんな二人のやり取りを見て、燿は「やれやれ」と思いながらも、釣られて笑った。

暝が石段に座った時、三人が揃うのを待っていたかのように夜の空に花が咲いた。

「わー……」

花火で彩られる夜空を見て、瞑は思わず感嘆の声をあげる。

そこからは何発も何発も花火が上がり、音をたてては夜空に咲く。

「俺、久しぶりに花火見た」

美しく輝く花火を見て、瞑はそっと呟く。

その言葉に流花はクスリと微笑み、徐に夜空を見上げた。

「……来年もみんなで見れたらいいね」

そんな流花の願いを聞いた燿はフッと小さく笑う。

「どうだかな」

素っ気ないような言葉だが、本当は自分も同じことを思っているなんて、彼は言えないでいた。

花火に心を奪われている流花と燿の傍らで、瞑は密かに侘《わび》しさを感じていた。

祭り。花火。この夏の風物詩《ふうぶつし》を見ていると、瞑は思い出す。

柄沢瞑が生まれ、そして彼女が死んだ日。

彼の大嫌いな季節が、また始まる。

七　静かな夏の香りがする

瞑は夢を見た。

目の前に川が流れている。その川は幼少期に静香と悟と一緒によく遊んでいた川だった。

幼い悟は水切りの練習をしていた。何回も何回も川に石を投げるが、石は一度も川に跳ねることなく、ぽちゃんと音をたてて川に落ちる。

そんな悟と一緒に遊ぼうと瞑も石を持とうとしたが、その前に石に躓《つまず》いて転んだ。

足に擦り傷を作って瞑は泣く。泣きじゃくる瞑を見て静香は「あらあら」と笑いながら瞑を抱えた。

「痛かったねー。でも、大丈夫だよ」

静香は優しく瞑のことを抱きしめる。その温もりだけで瞑の心は満たされ、足の痛みも和らいだ……はずだった。

ガツン！

「いって～……」

頭の衝撃で暝の目は覚めた。顔を上げると機嫌を損ねた悟がいる。

暝は車に乗ったところまでは覚えていた。しかし、途中で寝ていたらしく、目的地まで着いたから悟に起こされた。ただし、彼の拳で。

「もう少し優しく起こしてよ」

暝は文句を垂れるが、悟は「うるせえ。さっさと行くぞ」と不機嫌に車を降りていった。

悟の態度を不審に思いながらも暝は自分の鞄を持って車を降りた。

地に足をつけた途端、強い風が彼を吹き抜けた。風は山間《やまあい》の木々を大きく揺らす。広がる風景はいつもの絹子川市のものではない。

ここは滝峰村《たきみねむら》。ほんの数ヶ月前まで柄沢一家が暮らしていた、いわば彼らの故郷である。人口は二千人もなく、畑と木々と川と滝しかないような小さな村だ。そして彼らの目の前に佇む大きくて古い寺が、代々柄沢家が住職を務める三人の実家だ。

「ただ今帰りました」

一世が玄関の横戸を引くと、その声を聞いて叔母の美代子《みよこ》が長い髪を揺らして駆けてきた。

「まあまあ、お帰りなさい。疲れたでしょ？」

美代子は数ヶ月ぶりの再会に嬉しそうに目を細める。

美代子に労われながら悟と瞑は一世に続いて家の奥へと入った。

居間に行くと現住職で一世の弟の次世《つぐよ》が眼鏡《めがね》をかけて新聞を読んでいた。

一世と次世は双子の兄弟だ。ただし、二卵性のため顔は似ていなかった。大きくてぱっちりとした目をした一世に比べ、次世の目は切れ長。性格も温厚な一世に比べずっと冷静で滅多なことで動じない。

「一家の長男が家を出るなんて聞いたことがないぞ」

眼鏡を外した次世は呆れながら息をつく。

「そんな概念なんて、私たちの間にありましたか？」

次世は嫌みのつもりで言ったのだが、一世は笑いながらやんわりと返す。

彼には敵わないと思った次世は「そうだな」と口角を上げる。

そんな彼らのやり取りを悟はぼんやりと眺めていた。

「二人とも荷物を置いて休んでいたら？」

美代子はポンっと悟の肩を叩く。

悟の足元には二つの大きな荷物が置かれていた。この小旅行並みの荷物を見て悟は「そうだな」と頭を掻いた。

「行くぞ、瞑」

悟は荷物を持って二階にある以前の自室に向かう。

古い木造のこの家は、二人が階段を上がるたびにミシミシと木が軋《きし》む音がした。

悟と瞑の部屋だった和室は今やもう一つも家具が置いておらず空っぽだった。何もない畳部屋だが、畳の香りは暮らしていた当時と変わらず、瞑は「なんか落ち着くね」と笑った。

荷解きをしてからも時間があったので、悟と瞑はしばらく部屋でくつろいでいた。

やがて二人のもとに一世がやってくる。

「明るいうちに行きましょうか」

一世は微笑みながら言うが、その笑みはいつもより悲しそうだった。

一世が何も言わなくても二人は行き先がわかっていた。今から向かうのは静香の墓だ。

彼らは、そのためにこの村に帰ってきたのだから。

静香の墓は彼らの家から歩いてすぐの霊園にある。小高い丘の上にあるこの霊園は夏になると向日葵《ひまわり》が咲き乱れる。静香の墓は彼らの寺を見下ろすようにその霊園の中に佇んでいた。

親子順々に彼女に向かって手を合わせる。

墓を見つめる悟はどこか心苦しそうだった。彼女の葬儀ですら泣かなかった悟だが、墓前に合掌する時はこのような複雑そうな顔になる。瞑はそんな彼を心配そうに見つめるが、残念ながら悟は彼の視線には気づいていない。

悟とは対照的に手を合わせる一世の表情はとても穏やかだった。久しぶりの再会だから彼も静香に話したいことがたくさんあったのだろう。いや、彼ほどの力なら本当に静香と会話できるのかもしれない。

本当にそうなら羨ましい限りだと瞑は思った。

瞑には霊感があるが、静香の魂は未だに視たことがなかった。今までたくさんのさ迷う魂を視てきたのに、彼の瞳は本当に会いたい人の姿を映してくれない。それならば、この力はなんのためにあるのだろう。そんな悲観的な思考が瞑の胸内を掠《かす》める。

そうやって息子たちの心が沈んでいる最中、一世が手を下ろし、徐に顔を上げた。

「——帰りましょうか。きっと美代子さんが美味しいご飯を作って待っていますよ」

そう目を細めた一世の表情は、この場にいた誰よりも清々しいものだった。

石段を降りる一世と悟に続きながら、瞑はふと振り返った。

優しい風が瞑の短い赤毛の髪を靡かせる。

風と木々が揺れる音しか聞こえない世界に瞑は静かに耳を傾けた。しかし、こんなに集中して気を探っても、人の気配も霊気も感じない。ただ、向日葵の花が優雅に風に揺れているだけだった。

◆
◆
◆

家に戻ると一世の言う通り、台所では美代子が夕食の準備をしていた。

「もうすぐできあがるから、もうちょっと待ってね」

美代子がにこやかな顔で台所から顔を出す。

三人が絹子川市に引っ越してから初めての帰省ということで、美代子はとにかく張り切っていた。腕を振るいに振るった料理はいつもより豪勢で、食卓には食べきれないほどの料理が並んだ。これには次世も苦笑いだ。それでも久しぶりに食べた美代子の料理は相変わらずどれも絶品で三人は大満足だった。

腹が満たされた後、瞑は空っぽになった皿を重ね、台所へ運んだ。

台所では悟と美代子が二人並んで食器を洗っている。洗い物は二人に任せ、瞑は硬く絞った布巾で食卓を拭いていた。

その様子を次世が物珍しそうに覗き込む。

「お前、手伝いとかするようになったのか」

「するよ、それくらい」

瞑は「へへっ」と得意気に笑う。この家に住んでいた時は美代子の手伝いをろくにしなかった瞑だが、絹子川市に引っ越してからは悟の手伝いをするようになったので、実家に帰った今でも自然に体に染みついていた。

「お前も変わったな」

甥《おい》の成長に次世は嬉しそうに笑う。そんな次世に暝は「任せてよ」と歯を見せて笑った。

「それなら、遠慮なく一つ頼もうか」

次世はそう言ってソファーでくつろいでいる一世を手招きする。

「一世、久しぶりに飲むぞ――暝、悪いが美代子から酒もらってきてくれ」

「了解」

次世の頼みに暝は二つ返事で台所に向かう。

台所では悟と美代子が楽しそうに談笑していた。

「叔母さーん。父さんたちが酒持ってきてってさー」

美代子は「はいはい」と言いながら濡れた手をタオルで拭き、食器棚から徳利《とっくり》とお猪口《ちょこ》を取り出す。

「悟、ちょっとお願い」

そう言って美代子は日本酒が入った徳利と三つのお猪口が置かれたお盆を悟に渡す。

「これお父さんたちに持っていって」

洗い物の途中なので、美代子の頼みとはいえ悟はためらった。

しかし、美代子は「あとは私がやるから」と悟の背中を押す。

お猪口が一つ多いことには悟も気づいており、指摘しようと思ったが美代子がそれを遮った。

「悟も大学生なんだから、ちょっともらってきなさい」

美代子は笑いながらクイッと飲む仕種をする。これは大人の洗礼を受けてこいということだ。

億劫に感じながらも悟は渋々酒を運んだ。

立ち去る悟の背中を見ながら美代子は「ふう」と息をつく。

「あの子はああ言わないと休まないからね」

美代子が瞑でなく悟に酒を渡した理由はこれだった。それは瞑もわかっており「だよね」と納得したように頷く。

「瞑も頑張りすぎてない？」

「俺は結構遊んでるよ。でも、兄ちゃんは……どうなんだろ」

放課後学校に残って流花や燿と過ごしている瞑とは違い、悟は大学の講義が終わればすぐに帰宅して家のことをやっていた。講義の始まりが遅い日でも朝早く起きて朝食と瞑と自分の弁当を作るし、部屋も綺麗に片づけている。瞑も「たまには休めばいいのに」とは思うのだが、悟が文句一つ言わず淡々とこなすものだから、瞑は彼の本心を知らないでいた。

「そう……でも、この前電話した時、一世さんが暝もちゃんと悟の手伝いをしてるって言ってたよ。偉いね」

美代子は嬉しそうに暝の頭を撫でる。

「もー！　俺も子供じゃないのにー！」

暝は不貞腐れるように言うが、実際は照れていた。彼の内心も美代子にはバレており、おかしそうにウフフと笑う。

「ごめんごめん。そういえば、暝もいくらか料理覚えた？」

「料理って言っても、俺下手くそだからなあ……」

暝は頭を掻きながら燿が泊まった日の出来事を話した。悟にこっぴどく怒られた話に美代子も「あらあら」と笑う。

「でも、料理ってとても楽しいのよ」

そう言って美代子は冷蔵庫から冷えたトマトを取り出した。そのまま手際よくトマトを切って器にのせる。それからは醤油や酢を使った手作りのドレッシングをトマトにかけた。

「これだけでも立派なおつまみになるんだから。ほら、味見してみて」

差し出されたトマトを暝は口に運ぶ。ドレッシングはさっぱりとしたシンプルな味付けでトマトの甘味と上手く合わさっている。

「……美味い」

あんな即席で作ったとは思えないほどの美味に瞑の率直な感想がこぼれた。

「今度お兄ちゃんに教わりなさい。せっかくだからこれもお父さんたちに持っていってあげて」

美代子は微笑みながら器を瞑に渡す。

「お風呂も沸いたから、悟が遠慮したら先に入っちゃいなよ」

「うん、ありがとう。行ってくる」

器を受け取った瞑は顔に喜色を浮かべながら悟たちがいる縁側へと向かった。

縁側に行くと一世と次世が楽しそうに晩酌《ばんしゃく》していた。その隣で悟がぼうっとしながら満月を眺めている。

「失礼しまーす」

瞑の呑気な声で我に返った悟が彼を見た。

「叔母さんがおつまみくれたよ」

「おや、ありがとうございます」

器を床に置く瞑に一世が会釈する。

「お風呂も沸いたって。兄ちゃん先に入る？」

瞑が悟に尋ねると、悟は首を振る。

「まだいい。お前先に入ってこいよ」

「いいの？　やった、一番風呂ー」

瞑は風呂が好きだ。彼にとって一番心が安らぐのが風呂に入っている時だった。だから悟の遠慮を素直に喜び、すぐさま風呂場へと向かった。

シャワーで汗を流し、湯船につかる。夏といえども北海道の夜風は涼しいので体も冷えていた。心地よい温度に瞑は自然と「ふー」と吐息が漏れた。

ようやく、一人になれた。

天井を見上げながら、物思いに耽る。

縁側で繰り広げられていた会話の内容は、悟の表情を見ていたらなんとなく察しがついた。各々、明日のことを話していたのだ。

明日は、静香が死んだ日だ。

法事はこの寺で家族のみで執り行われる。

「また来るのか……」

小さく呟きながら瞑はそっと目を閉じる。それだけで、彼の脳裏には昨日のことのように甦った。

◆　◆　◆

あれは瞑が小学校六年生の夏休み。静香は市内の病院に入院していた。

その頃の静香は持病に体が蝕まれ、末期とまで言われていた。栗色の綺麗な長い髪は薬の副作用で抜け落ち、食事もろくに取れなかったために体も痩せ細っていた。もうそこには以前の元気な面影はない。すっかり変わり果てた静香だが、瞑はそのことについて嘆かなかった。どんなに弱っても静香は静香。幼いながらも彼はきちんと理解していたのだ。

ある日、瞑は一世と二人で静香のお見舞いに来ていた。この日は瞑にとって特別であったので、瞑は静香に会うのがとても楽しみだった。

病室に着いて早々、瞑はベッドに横たわる静香のもとへ駆け寄った。

「母さん、今日何の日か覚えてる?」

目を輝かせながら瞑は静香を見上げる。

「勿論よ。お誕生日おめでとう」

静香はにっこりと微笑みながらベッドの脇にちょこんと座る瞑の頭を優しく撫でた。

その言葉に瞑の表情はパアッと明るくなり、その大きな目を細めた。

「瞑ももう十二歳ね。母さん、瞑に会えて本当によかったと思っているよ」

静香はよしよしと瞑の頭を撫でながら穏やかな声で告げる。その声はか細く、撫でる手も血管が浮き出るほど青白かった。

「ごめんね、誕生日プレゼントあげられなくて」

咳交じりで謝罪する静香に瞑はすぐに首を振った。

「そんなのいらない。母さんが一緒にいてくれるだけでいいよ」

真顔になる瞑に一世と静香は驚いて顔を見交わす。まだ小学生の瞑がそんな大人っぽいことを言うとは思わず、二人とも目を瞠る。

「プレゼントは父さんと叔父さんからもらうもん」

しかし、すぐさまそう付け足す瞑の正直な言葉に一世も静香も声を出して笑った。

「瞑がまだ瞑で安心しました」

「うん、私も——お父さん、私の分もよろしくね」

「よろしく！」

冗談っぽく笑う静香に合わせて瞑もアピールするように手を挙げる。そんな二人に向け、一世も「覚悟しておきます」と笑った。

間もなくすると一世が席を外したので、瞑は静香とたわいない会話を楽しんだ。ほとんどは瞑の報告だったが、静香は「うんうん」と相槌を打ちながら微笑ましく彼の話を聞いていた。

何も話すことがなくなると静香は瞑の手をそっと握り、和やかな表情で瞑を見つめた。二人の間に流れる時間は静かで、それでいて優しいものだった。

「そういえば、お父さん遅いね」

思い出すように言う静香に瞑も「あれ？」と首を傾げる。

用を足すと言っていた一世だが、ここに戻る気配は一向にない。

「俺、見てくるよ」

すっくと立ち上がると、瞑はそのまま病室を出て男子トイレへと向かった。

そこで待っていた光景に瞑は思わず固まった。

一世はそこにいた。しかし、手洗い場の隅で顔を俯かせ、声を殺して泣いていた。

「……父さん？」

初めて見る父親の泣き顔に、瞑は戸惑いながらも声をかける。

瞑の声にハッとした一世は目を濡らしたまま顔を上げた。

「見苦しいところをお見せして、すみません」

一世は目元を服の袖で拭い、瞑に向けて微笑んだ。その笑顔はぎこちなく、余計瞑を心配させた。

「──どうしてこうなったんでしょうね」

鏡を見ながら一世は遠い目でそっと呟く。その言葉の意図が理解できず、瞑は不思議そうにしていたが、一世はすぐに「なんでもありません」と彼の背を押した。

「戻りますよ。お母さんが待っています」

それでも見上げた一世の顔は曇る一方だ。

一世が泣くほど落ち込む理由が瞑にはわからなかった。医師は静香の容態は落ち着いているし、今だってあんなに楽しそうに笑えている。それなのに、どうして一世はここまで絶望の淵に立たされたような顔をしているのか。

胸騒ぎを感じながら、一世と瞑は静香の病室へ向かう。

病室の扉を開けると、先ほどまでの朗《ほが》らかな空気が一変していた。

静香が呼吸が乱れるほど苦しそうに胸を押さえていたのだ。

「静香さん⁉」

慌てて一世が彼女に駆け寄る。

「一世君……」

消えるようなか細い声で彼の名を呼ぶがすぐに咳が出た。静香は口元を手で押さえて必死に堪えるが、彼女の抵抗も虚しく、咳と一緒に吐血した。

「瞑！　看護師さんを呼んでください‼」

ハッとした瞑は弾けるように病室を出る。その間一世は静香の体を起こし、そっと彼女の背中を擦る。

「大丈夫……大丈夫ですから……」

そう言う一世だが、彼の手は動揺と緊張でガクガクと震えていた。

程なくして暝が連れてきた医師と看護師が次々と病室にやってくる。一世に簡潔に状況を聞かされた医師はすぐに静香の処置に入った。その隣では看護師が器具を運んだり、酸素マスクをつけたりと忙しなく、もう二人が介入する余地はない。

「出ますよ暝……後はお医者さんに任せましょう」

一世は暝に視線を合わせるようにしゃがみ込み、彼の両肩に手を置いた。

しかし、暝は首を振ってそれを拒む。

「嫌だ……出たくない……」

怖かった。ここから離れたらもう二度と静香に会えなくなるような気がして仕方がなかった。だから、一世がなんと言おうとも暝はここを動くつもりはなかった。

「父さん……俺、母さんと離れたくない」

暝の目から大粒の涙がこぼれる。けれども暝はその涙を拭うことなく、じっと一世を見つめた。その揺るがない暝の意思に一世は言葉が出なかった。

やがて一世は軽く暝の頭を撫で、ゆっくりと立ち上がる。

「次世と悟に連絡します。お母さんのこと、頼みましたよ」

そう言って一世は暝に静香を託し、そっと病室を出た。

残された瞑は医者たちの邪魔にならないところで静香を見つめた。

彼女の鼓動を示す心電図が小さく脈を打っている。

きっと大丈夫。

大丈夫、大丈夫、大丈夫。

母さんが病気なんかに負けるはずないし、お医者さんがきっとなんとかしてくれる。

そう言い聞かせているのに、瞑の涙は止まらない。下唇を噛んでどんなに泣くのを堪えようとしても、視界が歪むだけで何も変わらなかった。

しばらくして一世が戻ってきた。そして後ろから瞑を抱きしめるように腕を回し、口を噤《つぐ》んだまま医師たちと静香の懸命な戦いを見守った。

震える一世の手には微かに静香が吐血した時の血液がついていたが、瞑は何も言えなかった。


「一世！」

静香たちを見つめていた一世と瞑だが、次世の慌てた声に振り返った。

一世たちが顔を向けた先で次世と美代子が肩で息をしている。

心電図はまだ静香の鼓動を刻むが、彼女の呼吸は苦しそうだ。

喘ぐ静香の姿に美代子は目を見開きながら口に手を当てた。

医師たちは休むことなく静香の処置をしていた。一体どれくらい闘ってくれているのかもわからなくなるくらい、一世たちの体感は麻痺していた。

やがて、医師の手も止まり、疲労したように息をついた。

「あとは本人の気力次第です。声をかけてあげてください」

そう言う医師だが、視線は沈んでいる。その様子に一世も次世もすぐに動けなかった。ただ、瞑だけはその言葉で金縛りが解けたかのように静香に駆け寄った。

「母さん、母さん！」

瞑はすぐに静香の顔を覗き込んだ。

静香の虚ろな目が力なく横に流れる。静香の瞳は息子の泣き顔を映すが、彼女には泣いている息子をなだめる余力も残っていなかった。

瞑は自分の力を送るかのようにぎゅっと彼女の手を握った。しかし、静香はもう手を握り返すこともできず、ただ、応えるようにピクッと指が動くだけだ。

「瞑」

吐息に混ざるように静香は瞑の名を呼んだ。その声は弱々しく、今にも消え入りそうだった。

「ごめんね……お母さん……もうだめみたい」

「そんなこと言うなよ！　大丈夫だよ！」

瞑は懸命に手を握りながら首を横に振って訴えた。

それでも静香はすべてを諭すように、目を細めた。その細めた目からは一筋の雫《しずく》が流れる。そんな彼女と同調するように、瞑の目からも再び涙がこぼれた。

瞑は彼女の手を握ったまま、その場で蹲った。

死にゆく彼女を直視できなかった。

どんな形でも生きてほしかった。

死ぬのだけは、絶対に嫌だ。

そんな彼の思いも虚しく心拍数がどんどん弱まっていく。

「……一世君」

力を振り絞って静香は一世の名前を呼ぶ。その消え入る声に吸い込まれるように一世は静香に顔を近づけた。

「……なんですか？」

一世も瞑の手に重ねるように静香の手を握る。

静香のぼやけた視界の中でも、一世は笑っていた。涙をこぼしそうになりながらも、必死になって笑顔を取り繕っていた。愛する妻に決して泣き顔を見せない、彼の精いっぱいの足掻きだった。

そんな一世だからこそ、静香はすべてを託せるのだ。

「悟と瞑のこと、よろしくね」

「ええ、勿論です」

その思いを受け止めた一世はそっと静香の頬を撫でる。

「七年もよく頑張りましたね……ゆっくり休んでください」

それでもその声は震えており、一世の涙は彼女の頬にポタリと落ちた。

「嫌だよ、死ぬなんて絶対嫌だよ……」

瞑は涙で顔をぐちゃぐちゃに濡らしながら、それでも縋りつくように静香に請う。

けれども静香には目を開けていられるほどの力も残っていなかった。

静香はすべてを悟っていた。もうすぐ自分の命が終わる。けれども「この思いだけは」と力を振り絞り、そっと瞑の手を握る。

その時、瞑の脳裏に彼女の声が響いた。

『母さんね、思い残すことなんて何もないの』

突然頭に響く静香の声に瞑は驚いて顔を上げたが、静香は目を閉じたまま動かない。

それでも、彼女の声は瞑の脳裏に響く。

『お父さんと結婚して、悟と瞑に会えて本当によかった』

残された力で静香はうっすらと目を開け、彼らに微笑みかけた。

「──さよなら」

それが、柄沢静香の最後の呼吸だった。

言葉を告げると静香の手の力がなくなった。

心電図から無機質な電子音が流れる。

医師が静香に近づき、彼女を触診する。

どんなに瞑が祈っても、現実は残酷だった。

「八月一日《ついたち》、午後三時四十分。死亡を確認させていただきました。力及ばず、申し訳ございません」

医師が頭を下げる中、誰もが口を噤んだ。

静香が死んだ。

その現実は、幼い瞑には過酷すぎた。

瞑はがっくりと項垂れながら、魂が抜けたようにその場にしゃがみ込んだ。

美代子は瞑の小さな体を泣きながら力強く抱きしめた。

この部屋にいる全員が静香の死に打ちひしがれていた。その場で立ち竦む一世も、しゃがみ込んだまま動けなくなっている瞑も、それを抱きしめる美代子も、その光景を悲しげに見つめる次世も……ここにいる全員が自分の無力を思い知らされていた。

悟がたどり着いたのはその少し後のことだった。

悟は剣道着のまま、肩で息をしていた。しかし、目の前に飛び込んできた光景に彼は愕然とした。

「悟……」

次世が悟に近づいて声をかける。

「……十分前に息を引き取ったよ」

悟は大きく目を剥き、苦しそうに顔を歪めた。

次世はそっと悟の背中を押し、静香のもとへと寄らせる。

「……母さん」

眠る静香に向けて悟は呟いた。彼女の返事はない。そっと手を握っても握り返すことなく、ただ、静香の温もりがゆっくりと消えるだけだ。彼にとって母親の死を知るには、それで十分だった。

泣きたい気持ちを堪えているはずなのに、それから足掻くようにポタリと悟の目から大粒の涙が流れ出した。ただ、こんなにも涙声が部屋に響いているのに、静香の口元だけは確かに笑っていた。


それからは瞑も悟も記憶がまだらになるくらい慌ただしかった。

静香に会いにたくさんの人が柄沢家に訪れ、彼女の死を前に涙を流す。その間にも悟や瞑は「頑張るんだよ」「気の毒にね」と慰めの言葉をもらったが、彼らの心に届くものはなかった。時間だけが無情にも過ぎていき、通夜も葬式も流れるように終わってしまった。

出棺の直前、悟は静香の遺影を呆然と眺めていた。

花で囲まれた写真の中の静香は穏やかな笑顔をこぼしていた。

棺の中の彼女はかつらをかぶり、よく着ていたお気に入りのワンピースを身につけている。それは遺影に写っているのと同じ恰好だった。

悟は徐に静香の頬に触れる。彼女の冷たい頬に悟の体温が奪われていく。それこそが、死だった。その事実を受け止めた悟は、別れを告げるようにそっと手を離した。

やがて彼女は骨と灰になる。

花を供え、そして棺に杭を打たれ、火葬場に運ばれる。

そうなる前に一世は静香に最後の別れを告げた。

「愛していますよ、静香さん」

そう言って微笑んだ一世は、眠る静香に優しく口づけをした。息子たちにとっては初めて見る両親の接吻だったのに、その接吻があまりにも切なくて胸が張り裂けそうになった。

その光景に耐えられず、瞑はそろりと席を外した。

瞑は葬儀の会場が嫌いだった。どんなに目を背けたくても、あの場所は静香の死を突きつけてくるからだ。幼い彼にとって心苦しくて仕方がなかった。

しかし、この時ばかりは大人しく一世たちのそばにいればよかったと心底後悔した。

玄関ホールで参列者がひそひそと話している。その会話は瞑の耳にも入った。

「静香さん、なんで体を悪くしたのかしら？」

「確か……下のお子さんが生まれたからよね」

その言葉に稲妻のような衝撃が走った。

頭が真っ白になり、瞑はその場で立ち尽くす。

自分が生まれたから、静香は病気になった。

それは静香を愛していた瞑にとって、残酷なものであった。

自分のせいで静香は死んだ。

それならば、どうして自分はこの世に存在しているのだろうか。

いつからか瞑にはそんな感情が芽生えていた。

やがてそれは罪悪感と自己嫌悪へ変化し、家から出られなくなった彼は毎晩枕を濡らした。

その涙は静香の四十九日になっても治まることはなかった。

そんな彼の姿に嫌気がさしたのは、彼と同室の悟だった。

悟は瞑に苛立っていた。悟は一世たちに心配かけないように泣かずに振る舞っているのに、瞑はずっと泣きっぱなし。まだ瞑が小学生とはいえ、悟はいつまでも泣く瞑に憤りを感じていた。

何日も何日も隣ですすり泣く声を聞かされ、ついに悟の堪忍袋《かんにんぶくろ》の緒が切れた。

「いい加減にしろよ！　いつまで泣いてんだよ！」

怒鳴り声をあげ、持ち前の切れ長の目で悟はギロリと瞑を睨みつける。

すると瞑は力ない声で悟に告げた。

「俺、聞いちゃったんだよ」

その言葉は悟の想像を絶するものであった。

「母さん……俺を産んでから体が弱くなったって……俺が生まれたから……母さん死んだんでしょ？」

震える声で瞑はそう呟く。だが、彼の訴えは悟の癇《かん》に障《さわ》った。悟の手は怒りでわなわなと震えた。どこかの知らない誰かが言った噂を鵜呑みにし、それを勝手に真に受けてうじうじとしている。その態度が悟をカッとさせ、気づけば悟は瞑の頬を叩いていた。

「ふざけるなよ。悲劇の主人公気取りやがって」

悟の怒りは治まらず、胸倉を掴んで無理矢理瞑を引っ張り起こす。

だが、瞑は退かなかった。

「なら、どうして母さん死んじゃったんだよ！」

瞑は細い体で悟に掴みかかる。

「俺が生まれなかったら、母さん生きていたかもしれないじゃん！　俺なんかいなくてもいいじゃん‼」

　暝も否定したかった。自分のせいで静香が死んだなんて思いたくもない。けれども因果性なんて誰もわかるはずがなく、どうしようもなかった。

　暝の中で色々な思いが溢れ出した。自責、不安、怒り、悲しみ。押さえられない思いを泣きながら悟にぶつけていた。

　それでも悟は暝の態度に怒っていた。

「知るか！　お前がいてもいなくても、母さんは病気になってた‼」

　暝の泣き叫ぶ声と悟の怒鳴り声が混ざりあう。

　その声を聞いて一世が慌てて彼らの部屋に飛び込む。

　一世は今にも殴り合いをしそうな二人を引き離し、距離を置かせる。

「どうしたのですか……」

　だが一世がいくら問いかけても悟も暝も黙ったまま一世に顔を向けなかった。

　一世が困ったように肩を竦めると、遅れて部屋に入ってきた次世と美代子に目を合わせた。

「次世、悟をお願いできますか？」

　一世の視線ですべてを悟った次世は「ああ」と短く返事をして悟を部屋の外に連れ出した。

扉が閉まると、一世は泣いている瞑の両肩に優しく手を置いた。

「何があったか、話してくれますね？」

だが、瞑は話すのが怖かった。静香の死について一番知っているのは一世のはず。だから、真実を知りたいと思っても、その真実を知るのが怖かった。視線を逸らし、項垂れることが彼の精いっぱいの抵抗だった。

「では、私からお尋ねします」

静かな一世の声に瞑の心臓が跳ね上がる。

「どうして『俺なんかいなくてもいい』なんて言ったのですか？」

ハッと瞑が顔を上げると一世の大きな目と視線がぶつかった。その目は悲しみに暮れ、弱り切った表情だった。

「親にとって、子供にそのようなことを言われるのが一番傷つくのです」

真剣な眼差しで見つめるが、その瞳には悲しみを帯びている。

そんな彼の瞳に見つめられると瞑も耐えがたく、観念したようにぽつぽつと告げた。

「母さんは……」

本音をぶつけようと思うと、瞑の声は自然に震えた。

「俺が生まれたから病気になったって聞いて……それなら、母さんが死んだの俺のせいだって……」

口にすればするほど現実味が増した。胸がえぐられるほどつらくて、悲しみが溢れ出した。その声はやがて涙に変わり、瞑の目から大粒の涙が流れる。それでも瞑は嗚咽《おえつ》混じりで父親である一世に告げた。

最終的に瞑は何も言えなくなり、俯いてすすり泣いた。しかし、何も言えなくなっても瞑の思いは一世にしっかりと届いていた。

「瞑も静香さんの命日が自分の誕生日と同じだからなおさら傷ついたのでしょう？　仏様も随分と虚しい悪戯をしますよね」

一世はそっと瞑の小さな体を抱きしめる。

「大丈夫です。静香さんが亡くなったのは君のせいではありません。むしろ、誰のせいでもないのです」

一世は穏やかな声で瞑に語りかける。

「静香さんは……君が生まれた時とても幸せそうでした」

瞑の頭を撫でながら、一世は当時のことを思い出していた。

悟が生まれた時は母親になるプレッシャーから喜びの他に緊張も混ざっていたが、瞑の時は難産もあってか嬉しさのあまりに涙を流していた。

成長してからも悟に比べて瞑はずっと活発だった。悪戯するたびに静香に怒られたが、怒りながらもその後は「まったく」といつも笑っていた。はしゃぎ疲れ静香の膝の上で眠ってしまった時も、愛《いと》おしそうに、柔らかい赤毛の髪を撫でていた。

「瞑も悟も、そして私も——静香さんは精いっぱい愛してくれました。それなのに瞑に『俺なんかいなくてもいい』なんて言われたら、それこそ静香さんに合わす顔がありません。だから、そんな悲しいこと言わないでください」

一世の声が一瞬涙声になったが、一世は誤魔化すように瞑を力強く抱きしめた。

一世に諭すように言われても、それでも瞑は納得していなかった。

「それなら、なんで母さんはどこにもいないの……なんで母さん、俺たちの所に来てくれないの」

瞑には死んだ人の魂が視えるのに、彼には静香の姿は視えなかった。瞑だけでない。悟も、一世でさえ静香の亡き後、彼女に会っていない。

「幽霊が視えるのに母さんに会えないなんて……俺、こんな力いらないよ」

この悲しい現実がやり切れなく、瞑は自分の無力さにまた泣いた。

涙声で訴える瞑を見て、一世は少し考えた。

「どこに……ですか」

そっと抱きしめていた瞑の体を解き、じっと瞑の目を見つめる。

「天国……と言いたいところですが、そうとは限らないんですよね。むしろ私たち僧侶がこの世に天国も地獄もないことを一番知ってるのかもしれません」

想定外の言葉に瞑の目が丸くなる。そんなぽかんとなる瞑の頭を一世は愛おしそうに撫でる。

「天国も地獄も、神ではなく人間が作った物です。生きている人間が、死んでからの居場所がほしかったから、天国という『理想郷』が作られたのではないかと思うんです……私が言うのもおかしいですけどね」

一世は遠い目をしながらフッと短く笑う。

「それなら、母さんはどこへ行ったの？」

目をパチクリさせながら、瞑は一世を見上げる。

一世は穏やかな口調で瞑に告げる。

「目をつぶり、静香さんのことを考えてください」

一世の言う通りに瞑は目を閉じる。そこには、栗色の髪を靡かせ、優しく微笑む静香がいた。遺影の写真と変わらない、瞑の記憶に一番残っている柄沢静香の姿だった。

うっすらと目を開けると瞑の頬に一筋の涙が伝った。

「ね？　いたでしょ？」

一世の優しい口調が瞑の涙腺をさらに刺激する。

瞑は一世に抱きつき、何度も頷いた。

瞑は静香の魂だけに囚われていた。目をつぶれば、彼女のことを思い出せば、いつでも静香に会える。静香は、こんなにも近くにいる。

瞑は一世の腕の中で声をあげてわんわん泣いた。一世はそんな泣きじゃくる彼の背中をまるで赤子をあやすかのように、ポンポンと優しく叩いた。

「今日は遅いからもう寝ましょう。そして明日、悟に謝りなさい……ね？」

一世は諭すようにもう一度瞑を強く抱きしめた。瞑は彼に応えるように、泣きじゃくりながらコクリと頷いた。

ホッと安堵した一世は腕を解き、瞑の両肩に手を置いた。

「もう大丈夫ですね」

真っ赤に目を腫らした瞑の頭をもう一度撫で、ゆっくりと立ち上がる。

「おやすみなさい。夢の中で、お母さんに会えるといいですね」

一世は最後にそう振り返り、そっと部屋の扉を閉める。

一人になった瞑は布団の中に潜りこみ、深呼吸をした。しかし、一度涙腺が壊れると涙を止めることができなかった。

それでも瞑は心に決めていた。

泣くのは、今日までにしよう。

そして、これまでの泣き虫で弱い自分に別れを告げよう。

そう、心に決めたのだ。

翌日、一世の言う通りに瞑は悟に一言謝った。そしてその日から家に引き籠るのも泣くのもやめ、今まで通りの彼として振る舞った。その変貌に悟は驚いて「俺も、悪かった」となんとも恰好つかない感じで謝った。

瞑の変化に周りの大人たちも安心していた。まだ年齢が幼い瞑だったから落ち込んだ時はどうなるかと思ったが、無事に立ち直ってくれたことを喜んだ。

——あれから五年。あっという間に月日が経ってしまった。

五年経った今でも、時折瞑は考えることがある。

本当に、自分は必要な人間なのか……と。

瞑がいなければ、悟だって毎朝早起きして家事をしなくていい。一世だって、経済的な負担が減るであろう。そして静香だって——……。決して口には出さないが、あの時芽生えた感情は、そう簡単に瞑から消えてなくならなかった。

そう考え事をしていると、誰かが風呂場のドアを叩いた。

「そろそろ交代しろ」

ドアの向こうからは悟の気怠そうな声が聞こえる。縁側にずっといたので体が汗でべたつき、冷えてしまったのだろう。

「今出るよ」

瞑はそう短く返事をして、湯船から出た。

◆◆◆

翌日、祥月命日の法事は滞りなく終了した。

法事も午前中には終わったので、昼を過ぎると暇な時間ができてしまった。一世も次世も外出し、美代子と悟は自分に何も言わずどこかへ行ってしまったので、瞑はふらふらと寺の中を徘徊していた。

この徘徊は瞑にとって儀式のようなものだった。静香が死んでから家に引き籠っていた時期に「もしかしたらどこかにいるかもしれない」と静香を探していたのだ。虚しいことをやっているのは彼自身もわかっている。けれども、それが今になっても抜けていないのは、今でもその淡い期待を抱いているからだ。無論、こんなこと他の家族――特に悟になんて言えない。

こんなことをしているなんて怪しまれるに決まっている。わかっていたのに、仏堂と広間を繋ぐ廊下を歩いていたら、庫裏から出てきた悟にばったりと出くわしてしまった。

悟はばつが悪そうに頭を掻いている。一体彼はここで何をしていたのか。好奇心に負けた瞑は悟に尋ねた。

「……何してるの？」

突然かけられた声に、悟は不機嫌に「あ？」と返事をする。

「お前こそ、こんなところで何してるんだよ」

瞑の問いを悟は完全にスルーしたうえ、そのまま言葉をバットで打ち返すように尋ねる。

瞑が行く先には広間しかないのに、彼がここまで来るとはとても思わなかったのだろう。

けれども瞑も「母親を探している」なんて言えなかった。

「散歩……してただけだよ」

困り顔で頭を掻きながら咄嗟に誤魔化すが、悟は見透かすようにニヤリと笑った。

「じゃあ俺も散歩するか」

「え！　なんでだよ」

隣に並ぶ悟に瞑はぎょっとする。

「別に意味はねえ。散歩だからな」

悪戯っぽく笑う悟に瞑は何も言えず、恨めしそうに悟を睨んだ。

その時、彼らの間に風が吹き抜けた。

髪が靡くほどの生暖かい風に彼らの動きがピタリと止まる。

外へ出る入り口は遠いから風など吹くはずがない。そして何より――この風に静香がつけていた香水の匂いが混じるなんてあり得ない。

二人揃って風が来たほうへと振り向いた。だが、振り向いたところで誰もいない。それでも彼らは風が吹いてきた仏堂に向かって走り出した。

しかし、仏堂にたどり着いてもそこには誰もいなかった。しかも、染みついた線香のせいで例の香りもしない。

遅かった。

悟は悔しそうに歯を食いしばる。悟自身、霊感はあるが思念や霊気をたどるのが苦手だった。そういうのは統吾が得意なのだが、残念ながら今はいない。確かに〝何か〟がいた残り香はするが、こんな僅かなものだと悟の力ではこれ以上探れなかった。

途方に暮れる悟だが、瞑は諦めていなかった。

なぜ今、このタイミングで静香の思念が現れたのか。瞑はどうしてもこの理由が知りたかった。考えればきっと答えがあるはず。それも、自分たちにしかわからない何かが。

真顔で考え込んだ後、顔を上げた瞑は悟に告げる。

「兄ちゃん、縁側に行こう」

「縁側？」

突然の発言に悟は首を傾げる。しかし、瞑は本気だった。

「思念を手繰ろう。母さんがよくいた場所に行けば、何かわかるかもしれない」

瞑は目をギラギラとさせながら、持ち前の目力ある瞳で悟を見つめる。

静香の思いが強い場所なら、彼女の思念が残っている可能性がある。その思念を手繰った先には、きっと彼女がいる。瞑はそう睨んでいた。

悟の答えを聞かず、瞑は黙って来た道を戻った。

「あ、おい！」

悟が声をあげても、瞑はどんどん先へと進んでいく。

「まったく……」

困ったように頭を掻く悟だが、決して瞑を止めなかった。

瞑は自分より一世からの霊力を受け継いでいる。もしかすると彼には自分には感じ取れない何かを察しているかもしれない。だからこそ、悟は何も言わずに瞑のことを見守るように彼の後についていった。

◆
◆
◆

家に戻った瞑たちだが、居間はもぬけの殻だった。

縁側では生前静香が育てていた植物たちが風に揺れている。

庭を見渡したところで悟も瞑も目の前の光景に息を止めた。誰もいないと思っていた庭に大きな麦藁帽子をかぶった白いワンピースを着た女性が立っていたのだ。

女性の栗色の長い髪が風に揺れる。

瞑は彼女の背中に腕を伸ばした。しかし、女性は跡形もなく消えた。

再び風が吹く。風にのった向日葵の花びらが舞い、彼らを誘うように部屋に飛んでくる。

二人が振り返った先では、女性が音もなく二階を上がっていた。そして一世と静香の寝室だった。部屋の前に立ったと思うと、扉を開けずにスーッと入っていく。

階段を駆け上がると、悟はそのまま扉の引き戸に手を伸ばした。けれども、緊張しているのか顔を強張らせたまま一向に開こうとしない。

瞑は悟が躊躇している理由をわかっていた。悟は怖いのだ。目の前にどんな光景が待ち受けているか想像できない。それに、家族の中で唯一静香を看取れなかった悟は彼女に後ろめたさを感じていた。そのため扉の先にいるのが本当に静香だとしても、彼女にどんな顔をすればいいのかわからないのだろう。

それでも、ここまで来て逃げる訳にもいかないのだ。

大丈夫、俺がいる。

その意味も込めて瞑は力強く頷いた。

瞑の迷いない眼差しを悟も受け止めたのか、気持ちを落ち着かせるように深く息をついた。

「……開けるぞ」

意を決した悟は、ゆっくりと扉を開ける。

部屋に入ると、風に流れてふわりと静香の香水の匂いがした。

部屋の窓から涼しい風が入る。両親の部屋だったこの和室も、今では家具一つないだだっ広い空間だ。彼女はその部屋で二人に背中を向けて立っていた。

彼女の姿に悟は呆然と立ち尽くす。

「……母さん？」

瞑が呼ぶと女性はゆっくりと彼らのほうを向いた。

露わになった彼女の顔に二人の心臓が高鳴った。

瞑が受け継いだ色白な肌。悟によく似た目元。可憐で品がある、その優しい笑顔。遺影からそのままでてきたような、思い出に大切にしまってあった静香が今、彼らの目の前に現れた。

「なんで……」

悟が掠れた声で呟いた。それでも彼女は、何も言わずに微笑んでいる。そして、安らかな優しい笑顔のまま消えていった。

ほんの一瞬。しかし二人にとってはとても長い時間が流れていた。

彼女が立っていた場所にパサリと麦藁帽子が落ちる。消えてしまった静香だが、この麦藁帽子は彼女がいた唯一の証拠だ。

いた。

悟はその帽子に手を伸ばす。

陽光に当てられたその帽子には微かに温もりが残っていた。

ふと帽子のあった場所を見ると二通の手紙が落ちていた。

その手紙を見た二人は思わず息を止める。手紙には静香の字で悟と暝の宛名が書かれていた。

暝は中身が気になるあまりに自分宛ての手紙を迷わず手にし、その場で封を開けた。

彼のそのためらいない行動に悟は驚いていた。この手紙に何が書かれているのかわからないのに怖くないのかと思ったのだろう。そして少しの間考え込んだ後、深く息をついて彼に背を向けた。

「……部屋で読んでくる。開けるなよ」

どこか緊張している悟に、暝は「う、うん」と戸惑いながら返事をした。しかし、その時はもう悟は自室の扉を閉めており、暝の返事は聞こえていない。

静まり返る部屋に、窓から夏の風が吹き抜けた。

震えた手で便箋を開く。そこには静香の丁寧な字でこう書かれていた。

暝はその手紙を小さな声で読み上げた。

『瞑へ
この手紙を読んでいる頃、君はどんな子になっているかな?

お母さん、今の瞑を見ることができなくてとても残念です。それどころか、瞑の誕生日まで生きているかもわかりません。だからちょっぴり早いけどお誕生日のお手紙を書かせてね。

十二歳のお誕生日おめでとう。

瞑が生まれた時、お母さんは泣くほど嬉しかったんだよ。

瞑は小さい頃から素直で、いつも元気いっぱいだったね。お母さん、君の笑顔から元気をたくさんもらいました。あと、お兄ちゃんと喧嘩しないでいつも仲良くしてくれたからお母さんも大助かり。悟も瞑も優しい子に育ってくれてお母さんはとても嬉しいです。

それと、お母さんは瞑にお礼を言いたいことがあります。

お母さんが初めて入院した時、まだ瞑は小さかったのに泣かないで偉かったね。お母さんも瞑と離れるの凄く淋しかったんだけど、あの時瞑が泣かないで「頑張って」って言ってくれたから、お母さんも頑張ろうと思えたんだよ。お母さんに勇気をくれて本当にありがとうね。

瞑はのんびり屋さんでちょっぴり泣き虫だけれど、瞑が強い子だってことお母さん知ってるよ。お父さんも「瞑は立派な子になる」っていつも言ってるんだから。君には君にしかない力がある。そのことを忘れないで。

そこで、お母さんからの誕生日プレゼントです。お母さんのお下がりだけれど、瞑なら使いこなせることを信じているよ。お母さんたちの部屋にある押し入れの中の袋に入っているので、よかったら見てみてね。

瞑。

短い間しか一緒にいられなくてごめんね。

瞑にお母さんらしいことできたかな？

お母さんの愛情が伝わったかな？

お母さんはそれだけが心配です。

でも、忘れないで。お母さん、どんな時でも瞑の味方だから。

もしかしたら死んだお母さんに会えなくて悲しんでいるかもしれないね。でも、それはお母さんが瞑たちに会いたくないのではなくて、お母さんが瞑や悟、お父さんと出会えて幸せだったから、迷わずお空に行けたってことなの。だから、お母さんに会えなくても悲しまないで。お母さんはいつだってお空でみんなのことを見守っているよ。

お母さんの子供でいてくれてありがとう。

大好きだよ。

お母さんより』

手紙を読み終わった頃には瞑の視界は涙で滲んでいた。

手紙を持っていられないほど手が震え、彼の大きな目から大粒の涙がこぼれ落ちた。

瞑はようやく気づいた。静香に会えなかったのは、彼女がこの世に何も未練を残さなかったからであり、彼女が短い人生を懸命に生きた証拠であった。大嫌いだった誕生日は、静香が死んだ日でなく、彼女が生きた最後の日なのだ。

瞑——。

静香の声が瞑の脳裏に甦る。

彼女はよく泣いた彼をあやしてくれた。膝を擦りむいて転んだ時、悟に怒られた時、そして、怖い幽霊を視てしまった時……そのたびに優しく微笑んでくれた。

十二年。

たった十二年しか一緒にいられなくても、静香は一生分の愛情を瞑に与えた。それなのに瞑は「自分なんていなくていい」と思っていた。彼は彼女の愛情すらも捨てようとしていたのだ。

「ごめん母さん……本当にごめん……」

瞑は何度も彼女を呼んで謝罪した。目からこぼれ落ちる涙を何度拭っても止まらない。けれどもこの涙こそ、彼の重荷になっていた陰鬱な感情を軽くした。瞑の心はまるで呪いが解けたように晴れやかになっていた。

気持ちが落ち着いた頃、瞑はそっと押し入れに手を伸ばした。振り返るとここに住んでいた時も彼はこの部屋の押し入れを開けたことがなかった。

これまでてっきり布団しか入っていないと思っていた押し入れだったが、下の段には古い木箱と細長い袋が入っていた。木箱の上に置かれた袋は瞑の身長よりも長い。見覚えのあるこの袋に瞑はドキリとした。

袋をそっと避け、古い木箱を開ける。そこに入っていたのは白と黒の袴だ。この袴の正体も瞑にはわかっていた。

そして袋には『依田《よだ》』と刺繍されていた。依田静香《よだしずか》。静香の旧姓だ。

瞑は立ち上がってその袋の中身を取り出した。中には並寸《なみすん》のカーボンファイバー弓が入っていた。学生時代に使っていたものと考えると、もう二十年以上使っていないはずなのに、その弓は新品のように新しい。

弓を握っていると、不意に色々な人の顔が浮かんできた。一世、悟、次世に美代子、そして流花と燿……。自分にとって、大切な人物の顔だ。

徐に弓を引く。初めて握るとは思えないほどしっくりと馴染む感触に瞑は心が温かくなった。

一世からもらった腕珠。

静香からもらった弓。

この二つが瞑を護り、彼の力を強くしてくれる。

「……お礼、言わなくちゃ」

弓を下ろし、自然と流れる涙を再び袖で拭く。

瞑が部屋を出た途端、同じタイミングで悟が自室の扉を開けた。

この偶然に彼らは互いの目を合わせたまま数秒固まる。

瞑は悟の真っ赤になった目に密かに驚いていた。彼の泣き顔を見るなんて何年ぶりかもわからない。しかもいつも瞑に見せている鋭い目つきではなく、肩の荷が下りたような穏やかさを感じる。

「……何泣いてんだよ」

悟に睨まれたので、瞑は睨み返す。

「兄ちゃんこそ……」

だが言葉と同時に鼻水が出たので瞑はすぐに鼻をすすった。

恰好がつかない瞑に悟はフッと短く笑う。

「行くか」

悟の言葉に瞑は「うん」と頷く。

何も言わなくても瞑は悟がどこに行くかわかっていた。お互い静香からの手紙を読んだ。

それならば、向かうべき場所はもう決まっている。

静香からもらった弓を持って階段を下りると、今までどこかへ行っていた美代子が居間で茶を飲んでいた。

「あら、どこか行くの？」

珍しく二人揃った彼らを彼女は不思議そうに見つめる。

「ちょっと母さんの所に行ってくる」

瞑がそう言うので、美代子はすぐに墓参りだと理解した。

「それはそうと、それはどうしたの？」

瞑が手に持った細長い弓袋を見て美代子は首を傾げる。

「これ？　誕生日プレゼント」

嬉しそうに言う瞑だが、ピンと来てないのか、美代子も悟もぽかんとしていた。

◆◆◆

帰る時に忘れないようにと、瞑は玄関の壁に弓を立てかけて靴を履く。

悟はもう出発の準備ができており、「まだかよ」と言いながらも瞑を待っている。そんな兄弟のやり取りを微笑ましそうに見ながら、美代子は「いってらっしゃい」と彼らを見送った。

「いってきます」

瞑が一言言った後、二人は静香が眠る霊園へと向かう。

石段を上がり、向日葵の咲く彼女の墓へたどり着く。そこには彼女の姿はなく、相変わらず向日葵の花が風に揺れる。

静香の姿がなくても彼らは決して悲しまなかった。静香がここにいないのは彼女が天寿《てんじゅ》を全うした証拠。それに、彼女はもっと近くにいる。それがわかっただけで十分だ。

静香の墓前で線香に火を点け、二人並んで手を合わせる。線香の煙は風に流れながらゆっくりと天へと昇っていく。

瞑は合掌しながら彼女に感謝の気持ちを伝えていた。

母さん。

もし本当に輪廻《りんね》っていうのがあるなら、俺はまた母さんの子供でいたい。

勿論その時は父さんと、兄ちゃんも一緒に。

こんな俺を、生んでくれてありがとう。

静香に届くよう、暝は懸命に祈った。

その隣で手を合わせ終わった悟がスッと目を開ける。

「帰るぞ」

用が済んだ悟はまだ祈っている暝を置いて石段を下り始める。

「あ！　待ってよ」

置いて行かれないように暝も慌てて追いかける。

「早く来いよ」

駆け出してくる暝を待つために悟は後ろを振り向く。だが、そこに飛び込んできた光景に悟は目を疑った。

「……どしたの、兄ちゃん」

急に固まる悟に暝は不思議そうに声をかける。彼の声で我に返った悟はハッとしてもう一度墓を見た。一瞬狼狽したように瞬きをする悟を見て暝も小首を傾げる。そんなハトが豆鉄砲を食ったような暝の顔がおかしくて、悟は思わず笑った。

「――なんでもない」

そう言って悟は青々とした空を仰ぐ。その表情は清々としており、とても穏やかだった。

静香の墓の前では白いワンピースを着た女性が温かい目で二人のことを見つめていた。

——忘れないで。私はいつでもそばにいるよ。

そう思いながら彼女——柄沢静香は微笑みながらゆっくりと消えていく。

誰かに呼ばれたような気がした悟と瞑はふと振り返った。

光の粒子が空へと昇っていく。その光が誰の魂か二人は知るはずもないのに、彼らは懐かしい気持ちでその光が天に帰るのを見守っていた。

悟も瞑もその光が見えなくなるまでずっと眺めていた。

夏ののどかな風は、そんな彼らの髪を優しく靡かせた。

本書は小説投稿サイト・エブリスタに
投稿された作品を加筆・修正したものです。

SH-043

絹《きぬ》子《こ》川《かわ》奇《き》譚《たん》

悪霊商店街に囚われた母娘《おやこ》

2019年3月25日第一刷発行

著者　葛来《かずら》奈都《なつ》
発行者　日向晶
編集　株式会社メディアソフト
〒110-0016
東京都台東区台東4-27-5
TEL：03-5688-3510（代表）/ FAX：03-5688-3512
http://www.media-soft.biz/
発行　株式会社三交社
〒110-0016
東京都台東区台東4-20-9　大仙柴田ビル2階
TEL：03-5826-4424 / FAX：03-5826-4425
http://www.sanko-sha.com/
印刷　中央精版印刷株式会社
カバーデザイン　小柳萌加（next door design）
組版　松元千春
編集者　長谷川三希子（株式会社メディアソフト）
福谷優季代（株式会社メディアソフト）

ISBN 978-4-8155-3514-8

SKYHIGH文庫公式サイト　◀著者＆イラストレーターあとがき公開中！
http://skyhigh.media-soft.jp/